蘇东坡選集

編者序

北宋仁宗景祐三年十二月十九日（西元一〇三六年一月八日），蘇軾出生於眉州眉山（今屬四川）。他的祖父蘇序是聞名遐邇的詩人，父親蘇洵是古文名家，弟弟蘇轍在文壇上也很出名。蘇洵父子三人，人稱「三蘇」，都在唐宋八大家之列。

蘇軾從小讀書興趣廣泛，善於會通，以儒學為主體，以道、佛為副翼，初好賈誼、陸贄書，論古今治亂，不為空言。既而讀《莊子》，後讀釋氏書，參之孔、老，對《戰國策》也有很濃的興趣。嘉祐元年（一〇五六年），蘇軾兄弟參加禮部秋試並中舉，次年又以一篇〈省試刑賞忠厚之至論〉，深獲主考官歐陽修的賞識。四十四歲以前，蘇軾仕途雖有曲折，但問題不大，直到王安石變法，才改變了他一生的命運。因為反對變法，蘇軾遭到排擠和打壓，還因著名的「烏臺詩案」被囚禁了一百多天，這讓他蒙受巨大打擊，嘗到世態炎涼的滋味。

蘇軾仕途多蹇，貶謫地方的挫折和苦難，在他的詩詞文賦裡展露無遺。黃州時期是他在文學創作上的一次高峰期，如前後〈赤壁賦〉、〈念奴嬌・赤壁懷古〉、〈記承天寺夜遊〉等許多膾炙人口的篇章，都是此一時期的代表作。然而儘管改朝換代為蘇軾帶來重返京畿的機會，他仍憂讒畏譏，在新舊黨殘餘勢力夾擊下，還要面對以政敵程頤為首的「洛黨」。多年來複雜的政治鬥爭和過於頻繁的調動，使年逾花甲的蘇軾越發地吃不消了，文學創作也不復以往意氣風發，顯得從容淡定，超脫豁達。

離開海南，蘇軾病倒在北歸途中，建中靖國元年（一一〇一年）七月二十八日，卒於常州（今屬江蘇），享年六十六歲。蘇軾的一生，在政治上經歷的大起大落，成就他文學創作上的輝煌。「問汝平生功業，黃州惠州儋州」，這兩句他去世前不久寫下的自嘲詩，為自己畢生功績作了絕妙的點評。

《人人讀經典》系列為紀念這位宋代大文豪，特選編《蘇東坡選集》。其中以編年分章，每一章先導讀蘇軾於該時期的經歷，繼而選編其知名文賦、隨筆、題跋、詩詞、書簡等，有了時代背景的烘托，使讀者更能貼近這些偉大的作品。每篇文章除正文外另設注解，力求簡明準確，以饗讀者大眾。

【目錄】

蘇东坡選集

第一章◉一〇三六—一〇六八

第二章◉一〇六九—一〇七一

第三章◉一〇七二－一〇七九

第四章◉一〇八〇—一〇八四

第一章

（西元一〇三六—一〇六八）

宋仁宗景祐三年（西元一〇三六年），蘇軾（字子瞻，號東坡居士）出生在四川眉山。蘇軾的父親蘇洵（字明允），弟弟蘇轍（字子由），父子三人合稱「三蘇」，且同列唐宋古文八大家。蘇東坡一生中創作出一千七百首詩詞和八百封信、六百則著名的親筆小記和題跋，總字數將近一百萬字。

蘇軾兄弟自小在家宅內讀書，宋仁宗嘉祐元年（一〇五六年），蘇軾隨父、弟到北宋京師開封府，在次年的科舉考試中，兄弟二人被主考官歐陽修錄取，同時成為進士。正當蘇軾初入仕途，一帆風順之際，他的母親在眉山病逝，父子三人便回鄉奔喪。蘇軾按當時禮制，丁憂家居，至嘉祐四年（一〇五九年），三蘇才又帶著家眷第二次出川赴京。

舟行長江，一路山川文物、名勝古蹟甚多，三蘇共寫了一百多篇詩文，編成《南行前集》。其中蘇軾詩四十多首，是現存蘇軾詩中最早的作品。嘉祐五年（一〇六〇年）二月到達京師，蘇軾兄弟因歐陽修的推薦，參加「賢良方正能直言極諫科」（簡稱賢良科）的制舉考試，蘇軾事先獻上他作的策、論各二十五篇，考入第三等。但蘇轍的對策卻因指斥時弊過於激烈，險被一些大臣主張黜落，幸考官司馬光堅持，仍被取在第四等。

蘇軾得到「賢良科」三等出身，被委任為大理評事、鳳翔府簽判，嘉祐六年（一〇六一年）年底正式開始仕宦生涯。宋代官僚一般是三年一任，宋英宗治平二年（一〇六五年）正月，蘇軾在鳳翔任滿還朝，後以殿中丞差判登聞院，又經過一次學士院考試，授職直史館。不料此時妻子王弗於五月病卒，父親蘇洵又於次年逝世，蘇軾兄弟便扶柩上船，跋涉千里送歸故鄉安葬。

蘇軾兄弟居喪二十七個月，到宋英宗熙寧元年（一〇六八年）十二月一同還朝。這是他最後一次出川，此後未再還鄉。

省試刑賞忠厚之至論

（嘉祐二年，蘇軾接受禮部進士考試的應試之文）

堯、舜、禹、湯、文、武、成、康之際，何其愛民之深，憂民之切，而待天下以君子長者之道也。有一善，從而賞之，又從而詠歌嗟嘆之，所以樂其始而勉其終；有一不善，從而罰之，又從而哀矜懲創之，所以棄其舊而開其新。故其吁俞之聲，歡忻慘戚，見於虞、夏、商、周之書。成、康既沒，穆王立

君子長者之道—即忠厚之道。

嗟嘆—讚美。

懲創—懲戒。創，創傷，引申為懲治。

吁俞—吁表示不以為然的嘆聲。俞表示贊許、應允的聲音。

歡忻—歡樂。

慘戚—悲傷。

而周道始衰，然猶命其臣呂侯而告之以祥刑。其言憂而不傷，威而不怒，慈愛而能斷，惻然有哀憐無辜之心，故孔子猶取焉。

傳曰：「賞疑從與，所以廣恩也；罰疑從去，所以慎刑也。」當堯之時，皋陶為士，將殺人。皋陶曰「殺之」三，堯曰「宥之」三，故天下畏皋陶執法之堅，而樂堯用刑之寬。四岳曰「鯀可用」，堯曰「不可，鯀方命圮族」，既

虞夏商周之書—指《尚書》。

穆王—指周穆王姬滿。

呂侯—即甫侯，周穆王時司寇，參照夏朝贖刑作《呂刑》，減輕峻法。

祥刑—善刑。

傳—指古書。

與—給與賞賜。

去—免除懲罰。

「將殺人」三句—不知出處。疑「蘇軾想當然耳」，觸類旁通神來之筆。

四岳—四方諸侯首領。

鯀—傳說中禹的父親，曾奉堯命治水未成，被舜殺死於羽山。

方命圮族—語出《書・堯典》。

而曰「試之」。何堯之不聽皋陶之殺人，而從四岳之用鯀也？然則聖人之意，蓋亦可見矣。《書》曰：「罪疑惟輕，功疑惟重，與其殺不辜，寧失不經。」嗚呼，盡之矣！

可以賞，可以無賞，賞之過乎仁；可以罰，可以無罰，罰之過乎義。過乎仁，不失為君子；過乎義，則流而入於忍人。故仁可過也，義不可過也。古者賞不以爵祿，刑不以刀鋸。賞以爵祿，

指違命君上，危害同族。圮音痞。

寧失不經—寧願冒犯常法。

忍人—殘忍之人。

刀鋸—泛指刑具。

是賞之道行於爵祿之所加，而不行於爵祿之所不加也；刑之以刀鋸，是刑之威施於刀鋸之所及，而不施於刀鋸之所不及也。先王知天下之善不勝賞，而爵祿不足以勸也；知天下之惡不勝刑，而刀鋸不足以裁也。

是故疑則舉而歸之於仁，以君子長者之道待天下，使天下相率而歸於君子長者之道，故曰忠厚之至也。

《詩》曰：「君子如祉，亂庶遄

先王——指上古賢君。

相率——相繼。

《詩》——引自《小雅．巧言》，蘇

已。君子如怒，亂庶遄沮。」夫君子之已亂，豈有異術哉？時其喜怒，而無失乎仁而已矣。《春秋》之義，立法貴嚴而責人貴寬。因其褒貶之義以制賞罰，亦忠厚之至也。

軾所引句序顛倒。意謂君子如嘉納賢人之言，怒責讒人之言，則亂事很快就能停止。祉，歡喜。沮，終止。

異術—特殊的方法。

時—通「司」，掌管。

《春秋》—春秋時代魯國編年史。

賈誼論

（嘉祐六年，蘇軾應制舉時所上〈進論〉之一）

非才之難，所以自用者實難。惜乎！賈生，王者之佐，而不能自用其才也。夫君子之所取者遠，則必有所待；所就者大，則必有所忍。古之賢人，皆有可致之才，而卒不能行其萬一者，未必皆其時君之罪，或者其自取也。

愚觀賈生之論，如其所言，雖三代何以遠過？得君如漢文，猶且以不用

賈誼－西漢洛陽人，少有才名。得漢文帝召用，於政治法制上多所建議。由於老臣周勃、灌嬰等人排擠，被貶長沙，後悲鬱而死，年僅三十三歲。

非才之難－謂獲得才學不難。

賈生－即賈誼。儒者稱「生」，即先生。

王者之佐－指賈誼有輔佐君王的才學。

所取者－想求取的目標。

所就者－指想成就的功業。

可致之才－可以達到成功的才學。

時君－當世的君主。

雖三代何以遠過－指夏商周三代盛世的政教，未必比賈誼的主張高明。

漢文－漢文帝劉桓，即「文景之

死，然則是天下無堯舜，終不可以有所為耶？仲尼聖人，歷試於天下，苟非大無道之國，皆欲勉強扶持，庶幾一日得行其道。將之荊，先之以冉有，申之以子夏。君子之欲得其君，如此其勤也。孟子去齊，三宿而後出晝，猶曰：「王其庶幾召我。」君子之不忍棄其君，如此其厚也。公孫丑問曰：「夫子何為不豫？」孟子曰：「方今天下，捨我其誰哉？而吾何為不豫？」君子之愛

治」的開創者。

仲尼－孔子之字。

勉強－勉力而為。

庶幾－或許可以。

「將之」三句－用《禮記・檀弓下》典故。孔子將到楚國謀官，先後派弟子子夏、冉有去表明心意。

「孟子」四句－見《孟子・公孫丑下》。孟子離開齊國前，特意在晝停留三天，希望能得到齊王召見。

「公孫丑」六句－見《孟子・公孫丑下》。

其身，如此其至也。夫如此而不用，然後知天下果不足與有為，而可以無憾矣。若賈生者，非漢文之不能用生，生之不能用漢文也。

夫絳侯親握天子璽而授之文帝，灌嬰連兵數十萬，以決劉呂之雌雄，又皆高帝之舊將。此其君臣相得之分，豈特父子骨肉手足哉？賈生，洛陽之少年，欲使其一朝之間，盡棄其舊而謀其新，亦已難矣。為賈生者，上得其君，下得

絳侯—周勃，從劉邦起義，封絳侯。呂后死，迎立代王劉桓為天子，跪上天子璽。

灌嬰—劉邦舊臣，與周勃聯兵誅滅呂氏。

高帝—漢高祖劉邦。

其大臣，如絳灌之屬，優游浸漬而深交之，使天子不疑，大臣不忌，然後舉天下而唯吾之所欲為，不過十年，可以得志。安有立談之間，而遽為人痛哭哉？觀其過湘，為賦以弔屈原，紆鬱憤悶，趯然有遠舉之志。其後卒以自傷哭泣，至於夭絕，是亦不善處窮者也。夫謀之一不見用，安知終不復用也？不知默默以待其變，而自殘至此。嗚呼，賈生志大而量小，才有餘而識不足也。

優游—從容交遊。

「**安有**」二句—蘇軾意謂，賈誼不該一上來就急忙指責當局的錯誤，以致老臣們與之為敵。

「**觀其**」四句—見《史記・屈原賈生列傳》。賈誼被貶長沙王太傅，路過湘水，作賦弔屈原。

趯然—高高飛去，謂離世絕俗。趯音替。

遠舉—高飛，此喻引退。

「**其後**」二句—梁懷王墮馬而死，賈誼時任太傅，自傷未能盡職，哭泣歲餘亦死。

遺俗之累—指才華傑出的人往往不通世故。

古之人有高世之才，必有遺俗之累，是故非聰明睿哲不惑之主，則不能全其用。古今稱苻堅得王猛於草茅之中，一朝盡斥去其舊臣，而與之謀。彼其匹夫略有天下之半，其以此哉！

愚深悲賈生之志，故備論之。亦使人君得如賈誼之臣，則知其有狷介之操，一不見用，則憂傷病沮，不能復振；而為賈生者，亦慎其所發哉！

「古今」三句—見《晉書・苻堅載記》。苻堅乃十六國時期前秦皇帝，聞王猛之名，見之大悅，以為像劉備得到諸葛亮那樣。有些舊臣不服，苻堅便殺了他們，只與王猛謀劃國事。

匹夫略有天下之半—指苻堅任用王猛後，國勢益強，統一北方大部分地區。匹夫，指苻堅。略，奪取。

狷介之操—孤高的品行。狷音倦。

病沮—頹喪。

發—即如何自用其才。

留侯論

（嘉祐六年，蘇軾應制科考時所上〈進論〉之一）

古之所謂豪傑之士者，必有過人之節。人情有所不能忍者，匹夫見辱，拔劍而起，挺身而鬥，此不足為勇也。天下有大勇者，卒然臨之而不驚，無故加之而不怒，此其所挾持者甚大，而其志甚遠也。

夫子房受書於圯上之老人也，其事甚怪，然亦安知其非秦之世有隱君子

留侯——張良，字子房，助劉邦反秦滅項羽，封於留，故稱留侯。

節——氣節。

人情——人之常情。

見辱——被侮辱。

卒然——突然。卒通「猝」。

挾持——指抱負。

受書於圯上之老人——書，兵書。圯上，橋上。圯上老人指黃石公。

隱君子——即隱士。

者出而試之？觀其所以微見其意者，皆聖賢相與警戒之義。而世不察，以為鬼物，亦已過矣。且其意不在書。

當韓之亡，秦之方盛也，以刀鋸鼎鑊待天下之士，其平居無罪夷滅者，不可勝數，雖有賁、育，無所復施。夫持法太急者，其鋒不可犯，而其勢未可乘。子房不忍忿忿之心，以匹夫之力，而逞於一擊之間。當此之時，子房之不死者，其間不能容髮，蓋亦已危矣。千

韓—戰國七雄之一，為秦所滅。

刀鋸鼎鑊—皆古代刑具。鼎，三足兩耳的金屬器具。鑊，無足無耳的金屬器具。

平居—平時。

夷滅—消滅。

賁育—戰國時齊國勇士孟賁，力大無窮，相傳能生拔牛角。衛人夏育，據說能力舉千鈞。

逞於一擊之間—指博浪沙刺秦始皇之事。

間不能容髮—生死之間幾乎沒有一髮的間隙，比喻形勢危急。

金之子，不死於盜賊。何者？其身之可愛，而盜賊之不足以死也。子房以蓋世之才，不為伊尹、太公之謀，而特出於荊軻、聶政之計，以僥倖於不死，此固圯上老人之所為深惜者也。是故倨傲鮮腆而深折之。彼其能有所忍也，然後可以就大事，故曰：「孺子可教也」。

楚莊王伐鄭，鄭伯肉袒牽羊以逆。莊王曰：「其君能下人，必能信用其民矣。」遂捨之。句踐之困於會稽而歸，

千金之子，不死於盜賊—意即有重任者，當自惜生命。

伊尹—商朝開國功臣。名伊，尹是官名。

太公—周朝開國功臣，即呂尚。

荊軻、聶政—戰國時著名刺客。

倨傲—傲慢。

鮮腆—沒有禮貌的樣子。鮮音顯。

深折之—指圯上老人以傲慢不恭的態度挫辱張良。圯音夷。

孺子—幼童的通稱。

「**楚莊王伐鄭**」五句—見《左傳·宣公十二年》。鄭伯，指鄭襄公。肉袒牽羊，裸露上身，牽著羊。表示請罪降服。逆，迎接。

「**句踐**」三句—見《國語·越語下》。

臣妾於吳者，三年而不倦。且夫有報人之志，而不能下人者，是匹夫之剛也。夫老人者，以為子房才有餘，而憂其度量之不足，故深折其少年剛銳之氣，使之忍小忿而就大謀。何則？非有平生之素，卒然相遇於草野之間，而命以僕妾之役，油然而不怪者，此固秦皇之所不能驚，而項籍之所不能怒也。

觀夫高祖之所以勝，而項籍之所以敗者，在能忍與不能忍之間而已矣。項

報人之志—指報仇的念頭。

素—向來，往常。此指老交情。

僕妾之役—指取履納履事。

油然—自然而然。

秦皇之所不能驚—指張良刺殺秦始皇未遂之後，長期潛伏而不受搜捕的驚動。

項籍之所不能怒—項羽在鴻門宴上欲刺殺劉邦，張良未被此舉激怒，設計使劉邦逃走，並向項羽獻上一雙白璧，平息危機。

籍唯不能忍，是以百戰百勝，而輕用其鋒。高祖忍之，養其全鋒而待其弊。此子房教之也。當淮陰破齊而欲自王，高祖發怒，見於詞色。由此觀之，猶有剛強不忍之氣，非子房其誰全之。

太史公疑子房以為魁梧奇偉，而其狀貌乃如婦人女子，不稱其志氣。嗚呼！此其所以為子房歟！

淮陰破齊—淮陰侯韓信破齊七十餘城，請為假王以鎮之。高祖怒，張良躡足附耳提醒，漢王悟，便佯怒罵道：「大丈夫定諸侯，即為真王耳，何以假為！」乃遣張良往立信為齊王。

魁梧—形容體貌高大雄偉。

稱—相稱，符合。

喜雨亭記

（嘉祐七年，蘇軾於鳳翔府簽書判官任內所作）

亭以雨名，志喜也。古者有喜，則以名物，示不忘也。周公得禾，以名其書；漢武得鼎，以名其年；叔孫勝狄，以名其子。其喜之大小不齊，其示不忘一也。

予至扶風之明年，始治官舍。為亭於堂之北，而鑿池其南，引流種樹，以為休息之所。是歲之春，雨麥於岐山之

志—紀念。

「周公得禾」二句—周成王的同母弟唐叔得一異禾，此禾為異株合生一穗。於是獻給成王，成王送給周公。周公受禾後，作〈嘉禾〉一篇。文已亡佚，今《尚書》僅存篇名。

「漢武得鼎」二句—據《漢書．武帝本紀》載，元鼎元年五月，得寶鼎於汾水，於是改元為元鼎元年。

「叔孫勝狄」二句—魯文公十一年，北狄鄋瞞國伐魯，魯文公派叔孫得臣禦敵，打敗了鄋瞞，並擊殺其國君僑如，於是將自己的

陽，其占為有年。既而彌月不雨，民方以為憂。越三月，乙卯乃雨，甲子又雨，民以為未足。丁卯大雨，三日乃止。官吏相與慶於庭，商賈相與歌於市，農夫相與抃於野，憂者以喜，病者以愈，而吾亭適成。

於是舉酒於亭上，以屬客而告之，曰：「五日不雨可乎？」曰：「五日不雨則無麥。」「十日不雨可乎？」曰：「十日不雨則無禾。」無麥無禾，歲

兒子命名為僑如，以表其功。

扶風—即鳳翔府，即今陝西鳳翔。

明年—第二年。

陽—山南。

占—占卜，此卜「雨麥」之吉凶。

彌月—整月。

抃—拍掌。抃音變。

屬客—向客人敬酒。

且薦饑，獄訟繁興而盜賊滋熾。則吾與二三子，雖欲優游以樂於此亭，其可得耶？今天不遺斯民，始旱而賜之以雨，使吾與二三子得相與優游而樂於此亭者，皆雨之賜也。其又可忘耶？

既以名亭，又從而歌之，曰：「使天而雨珠，寒者不得以為襦；使天而雨玉，饑者不得以為粟。一雨三日，伊誰之力？民曰太守，太守不有；歸之天子，天子曰不然；歸之造物，造

薦饑—連年饑荒。

二三子—諸位，你們。

優游—悠閒自得貌。

襦—短襖。

太守—秦漢時郡之長官，此指鳳翔知府宋選。

物不自以為功；歸之太空，太空冥冥。不可得而名，吾以名吾亭。」

冥冥——高遠貌。

凌虛臺記

（嘉祐八年，蘇軾時任大理評事、簽書鳳翔府簽書判官，為陳希亮之佐官）

國於南山之下，宜若起居飲食與山接也。四方之山，莫高於終南，而都邑之麗山者，莫近於扶風。以至近求最高，其勢必得。而太守之居，未嘗知有山焉。雖非事之所以損益，而物理有不當然者。此凌虛之所為築也。

方其未築也，太守陳公杖屨逍遙於

國—郡國，指州地或府地。

南山—即終南山。

麗—附著，靠近。

陳公—當時的知府陳希亮，字公弼。

其下，見山之出於林木之上者，累累如人之旅行於牆外而見其髻也，曰：「是必有異。」使工鑿其前為方池，以其土築臺，高出於屋之檐而止。然後人之至於其上者，恍然不知臺之高，而以為山之踴躍奮迅而出也。公曰：「是宜名凌虛。」以告其從事蘇軾，而求文以為記。

軾復於公曰：「物之廢興成毀，不可得而知也。昔者荒草野田，霜露

杖屨——拄杖漫步。

旅行——成群結隊地行走。

屋之檐——房屋最高處，即屋脊。

恍然——好像，彷彿。

從事——州郡長官的輔佐官員。蘇軾當時在鳳翔府任簽書判官，是陳希亮的下屬。

之所蒙翳，狐虺之所竄伏。方是時，豈知有凌虛臺耶？廢興成毀，相尋於無窮，則臺之復為荒草野田，皆不可知也。嘗試與公登臺而望，其東則秦穆之祈年、橐泉也，其南則漢武之長楊、五柞，而其北則隋之仁壽、唐之九成也。計其一時之盛，宏傑詭麗，堅固而不可動者，豈特百倍於臺而已哉！然而數世之後，欲求其髣髴，而破瓦頹垣無復存者，既已化為禾黍

蒙翳—遮蔽，覆蓋。
虺—毒蟲，毒蛇。虺音毀。
豈—難道。
相尋—相互循環。
秦穆—即秦穆公，春秋時秦國的君主，曾稱霸西戎。
祈年、橐泉—據《漢書．地理志．雍》顏師古注，祈年宮是秦惠公所建，橐泉宮是秦孝公所建，傳說秦穆公墓在橐泉宮下。
漢武—即漢武帝劉徹。
長楊、五柞—長楊宮，舊址在今陝西周至縣東南。本秦舊宮，漢時修葺。宮中有垂楊數畝，故名。五柞宮，舊址也在周至縣東南。漢朝的離宮，有五柞樹，故名。
仁壽—宮名。隋文帝楊堅開皇十三年建。故址在今陝西麟游縣境內。

荊棘丘墟隴畝矣，而況於此臺歟！夫臺猶不足恃以長久，而況於人事之得喪，忽往而忽來者歟？而或者欲以夸世而自足，則過矣。蓋世有足恃者，而不在乎臺之存亡也。」既以言於公，退而為之記。

九成—宮名。本隋仁壽宮。唐太宗李世民貞觀五年重修，為避暑之所，因山有九重，改名九成。

特—止，僅。

夸世—即「誇於世」。

黠鼠賦

蘇子夜坐，有鼠方齧。拊床而止之，既止復作。使童子燭之，有橐中空，嘐嘐聱聱，聲在橐中。曰：「嘻！此鼠之見閉而不得去者也。」發而視之，寂無所有，舉燭而索，中有死鼠。童子驚曰：「是方齧也，而遽死耶？向為何聲，豈其鬼耶？」覆而出之，墮地乃走，雖有敏者，莫措其手。

黠──狡猾。

齧──咬東西。

拊──拍。

止──使……停止。

橐──袋子。橐音駝。

嘐嘐聱聱──這裡是形容老鼠咬物的聲音。嘐音消。聱音熬。

見閉──被關閉。見，被。

發──打開。

索──搜索。

蘇子嘆曰：「異哉！是鼠之黠也。閉於橐中，橐堅而不可穴也。故不齧而齧，以聲致人；不死而死，以形求脫也。吾聞有生，莫智於人。擾龍伐蛟，登龜狩麟，役萬物而君之，卒見使於一鼠。墮此蟲之計中，驚脫兔於處女。烏在其為智也？」

坐而假寐，私念其故。若有告余者曰：「汝惟多學而識之，望道而未見也。不一於汝，而二於物，故一鼠之

穴—咬洞，這裡作動詞用。

致—招引。

擾龍伐蛟—擾，馴服。伐，擊，刺殺。

登龜狩麟—登，捉取。狩，狩獵。

君—統治，這裡作動詞用。

見使—被役使。

墮—陷入。

脫兔於處女—起初像處女一樣沉靜，使敵方不做防備；然後像逃跑的兔子一樣突然行動，使對方來不及出擊，這裡指老鼠從靜到動的突變。

烏—何，哪裡。

囓而為之變也。人能碎千金之壁，不能無失聲於破釜；能搏猛虎，不能無變色於蜂蠆，此不一之患也。言出於汝，而忘之耶？」余俯而笑，仰而覺。使童子執筆，記余之作。

蠆－一種毒蟲。形狀似蠍而尾部較長。
俯－俯下身子。

三槐堂銘

天可必乎？賢者不必貴，仁者不必壽。天不可必乎？仁者必有後。二者將安取衷哉？

吾聞之申包胥曰：「人定者勝天，天定亦能勝人。」世之論天者，皆不待其定而求之，故以天為茫茫。善者以怠，惡者以肆。盜跖之壽，孔、顏之厄，此皆天之未定者也。松柏生於山林，

天可必乎——上天一定講道理嗎？

二者將安取衷哉——兩者如何才是正道？衷，中也。

申包胥——羋姓，申氏，名包胥，一作勃蘇，又稱「王孫包胥」、「棼冒勃蘇」，荊州監利人，春秋時期楚國大夫。楚王蚡冒的後代，生卒年不詳。

定——指天理確定時。

茫茫——捉摸不定。

肆——放肆。

其始也，困於蓬蒿，厄於牛羊；而其終也，貫四時、閱千歲而不改者，其天定也。善惡之報，至於子孫，則其定也久矣。吾以所見所聞考之，而其可必也審矣。

國之將興，必有世德之臣，厚施而不食其報，然後其子孫能與守文太平之主、共天下之福。故兵部侍郎晉國王公，顯於漢、周之際，歷事太祖、太宗，文武忠孝，天下望以為相，而公卒以直

蓬蒿—蓬、蒿，皆野草名；指雜草叢。

閱—經歷。

審—明白、清楚。

晉國王公—王祐。

漢、周之際—指五代的後漢、後周。

望以為相—希望他出任宰相。

道不容於時。蓋嘗手植三槐於庭，曰：「吾子孫必有為三公者。」已而其子魏國文正公，相真宗皇帝於景德、祥符之間，朝廷清明，天下無事之時，享其福祿榮名者十有八年。今夫寓物於人，明日而取之，有得有否；而晉公修德於身，責報於天，取必於數十年之後，如持左契，交手相付。吾是以知天之果可必也。

吾不及見魏公，而見其子懿敏公，

魏國文正公—指王旦，封魏國公，謚文正。

景德、祥符—宋真宗年號。

寓物於人—寄放物品於他人處。

左契—契約分左右兩券，雙方各執一份，以為憑信。

天之果可必也—上天一定講道理；有常理。

懿敏公—王旦之子王敏。

以直諫事仁宗皇帝，出入侍從將帥三十餘年，位不滿其德。天將復興王氏也歟？何其子孫之多賢也？世有以晉公比李棲筠者，其雄才直氣，真不相上下。而棲筠之子吉甫，其孫德裕，功名富貴略與王氏等，而忠恕仁厚，不及魏公父子。由此觀之，王氏之福蓋未艾也。

懿敏公之子鞏與吾遊，好德而文，以世其家，吾以是銘之。銘曰：「嗚呼休哉！魏公之業，與槐俱萌，封植之

李吉甫、李德裕──均唐代賢相。

休哉──美哉。

與槐俱萌──魏公的基業與槐樹同時萌芽發展。

封植──栽培。

勤，必世乃成。既相真宗，四方砥平，歸視其家，槐陰滿庭。吾儕小人，朝不及夕，相時射利，皇恤厥德？庶幾僥倖，不種而獲，不有君子，其何能國？王城之東，晉公所廬，鬱鬱三槐，惟德之符。嗚呼休哉！」

世—指一代或三十年。
砥平—砥，磨刀石；此指均平。
相時射利—選擇時機，追求財利。
皇恤厥德—指何暇憂其德之修養與否。
有—通「又」。
鬱鬱—茂盛的樣子。
符—符合；指魏國公的盛德如同三槐茂盛的樹蔭。

白帝廟

（嘉祐四年，己亥十月，自眉山發嘉陵，下夔、巫，十二月至荊州作）

朔風催入峽，慘慘去何之？
共指蒼山路，來朝白帝祠。
荒城秋草滿，古樹野藤垂。
浩蕩荊江遠，淒涼蜀客悲。
遲回問風俗，涕泗憫興衰。
故國依然在，遺民豈復知。
一方稱警蹕，萬乘擁旌旗。

朔風——北風。
白帝祠——位於瞿塘峽口長江北岸，原名子陽城，為西漢末年割據蜀地的公孫述所建。歷代著名詩人都曾登白帝，遊夔門，留下大量詩篇，因此白帝城又有「詩城」之美譽。
荊江——長江流經湖北的一段。
蜀客——蘇軾自稱。
故國——此指白帝城。
遺民——亡國後遺留之民，此指當地百姓。
「一方」二句——指公孫述割據蜀地，自立為帝。警蹕，古代帝王

遠略初吞漢，雄心豈在夔。
崎嶇來野廟，閔默愧當時。
破甑蒸山麥，長歌唱竹枝。
荊邯真壯士，吳柱本經師。
失計雖無及，圖王固已奇。
猶餘帝王號，皎皎在門楣。

出入時，侍衛為警，清道止行為蹕。

夔—白帝城所在的奉節，春秋時為夔子國。

閔默—默默哀傷。

甑—古代蒸食炊器。甑音贈。

竹枝—竹枝詞，重慶一帶的民歌。

「荊邯」二句—荊邯曾建議公孫述由江陵和漢中二路出兵，與劉秀爭天下；吳柱認為應先修德服人，才可用兵。這裡讚賞荊邯，認為吳柱是迂腐的書生。

失計—指公孫述未採納荊邯的計謀。

圖王—企圖稱王於天下。

辛丑十一月十九日既與子由別於鄭州西門之外馬上賦詩一篇寄之

（嘉祐六年，是蘇軾最早寫給蘇轍的一首詩）

不飲胡為醉兀兀，此心已逐歸鞍發。
歸人猶自念庭闈，今我何以慰寂寞。
登高回首坡隴隔，但見烏帽出復沒。
苦寒念爾衣裘薄，獨騎瘦馬踏殘月。
路人行歌居人樂，僮僕怪我苦悽惻。
亦知人生要有別，但恐歲月去飄忽。
寒燈相對記疇昔，夜雨何時聽蕭瑟？

胡為—何為。
兀兀—昏沉的樣子。
歸人—指蘇轍。
庭闈—本意是雙親所住之處，引申為父母。
「登高」句—抒發別後思弟之情。坡隴，山坡高地。
「苦寒」句—怕他歸途受涼。
「獨騎」句—擔心他途中孤獨。
裘薄、瘦馬、殘月—烘托出別後的淒冷寂寞氣氛。
疇昔—從前。

君知此意不可忘，慎勿苦愛高官職。

和子由澠池懷舊

（嘉祐六年，蘇軾赴任陝西鳳翔府，兄弟在鄭州西門外分別後，蘇轍作〈懷澠池寄子瞻兄〉，蘇軾寫了這首和詩）

人生到處知何似？應似飛鴻踏雪泥。
泥上偶然留指爪，鴻飛那復計東西。
老僧已死成新塔，壞壁無由見舊題。
往日崎嶇還記否？路長人困蹇驢嘶。

和——唱和，作答。

子由——蘇軾弟蘇轍字子由。

澠池——今河南澠池縣。

老僧——指奉閒。蘇氏兄弟當年赴京應舉途中，曾寄住奉閒僧舍並題詩於壁。

蹇驢——蹇，跛腳。詩末蘇軾自注因馬死於二陵（即崤山，在澠池西），故騎驢至澠池。

王維吳道子畫

（嘉祐六年，組詩〈鳳翔八觀〉之三，蘇軾作鳳翔府簽判時作，時年二十六歲）

何處訪吳畫？普門與開元。開元有東塔，摩詰留手痕。吾觀畫品中，莫如二子尊。道子實雄放，浩如海波翻。當其下手風雨快，筆所未到氣已吞。亭亭雙林間，彩暈扶桑暾。中有至人談寂滅，悟者悲涕迷者手自捫。蠻君鬼伯千萬萬，相排競進頭如黿。摩詰本詩老，

普門、開元—二寺名。王維的畫在開元寺東塔中。
摩詰—王維字。
手痕—手筆留痕，即指其畫也。
品—品類。
莫—無人。
尊—尊崇。
雄放—雄奇豪放，指吳道子的藝術風格。
浩如海波翻—水勢盛大如海中波浪翻騰。
亭亭—高聳貌。
彩暈—即釋迦頭上的光輪。
扶桑—日始出處。
暾—日光。音吞。
至人—在道家指道德修養達最高境界之人，在佛家以至人為釋迦牟尼的尊號。
寂滅—佛家語，即涅槃，意謂超脱世間人於不生不滅之道。

佩芷襲芳蓀。今觀此壁畫，亦若其詩清且敦。祇園弟子盡鶴骨，心如死灰不復溫。門前兩叢竹，雪節貫霜根。交柯亂葉動無數，一一皆可尋其源。吳生雖妙極，猶以畫工論。摩詰得之於象外，有如仙翮謝籠樊。吾觀二子皆神俊，又於維也斂衽無間言。

迷者手自捫—迷惑者以手捫頭，急於思索之狀。

相排競進頭如黿—形容互相推擠向前，伸長頸項有如黿鱉之頭。黿音元。

詩老—詩中老手。

「佩芷」句—指王維人品如芷草芳香，圖畫如蓀草般秀麗絕塵。

清且敦—是說王維的畫如其詩一般清秀而意味深長。

祇園弟子—佛門弟子。祇園，佛之所舍。

鶴骨—形容清奇不凡的氣質。

雪節—竹節上有白雪如粉。

交柯—枝幹相交。

象外—指圖象之外的神韻。

仙翮—仙鳥。

謝—辭別。

籠樊—圍困的鳥籠。

神俊—神奇俊逸。

真興寺閣

（嘉祐六年，詩作於鳳翔，〈鳳翔八觀〉中的一篇）

山川與城郭，漠漠同一形。
市人與鴉鵲，浩浩同一聲。
此閣幾何高？何人之所營？
側身送落日，引手攀飛星。
當年王中令，斫木南山赬。
寫真留閣下，鐵面眼有棱。
身強八九尺，與閣兩崢嶸。
古人雖暴恣，作事今世驚。

浩浩—曠遠貌。

攀飛星—李白登樓有詩：「危樓高百尺，手可摘星辰。不敢高聲語，恐驚天上人。」

王中令—宋鳳翔節度使王彥超在任內建真興寺閣。

南山赬—赬，淺紅色，這裡指紅色的山。赬音撐。

寫真—畫像。

棱—神威冷峻的目光。

暴恣—暴戾驕縱。

登者尚呀喘，作者何以勝？
曷不觀此閣，其人勇且英。

呀喘──指張口喘氣。

菩薩蠻

（回文。夏閨怨）

柳庭風靜人眠晝，晝眠人靜風庭柳。
香汗薄衫涼，涼衫薄汗香。
手紅冰碗藕，藕碗冰紅手。
郎笑藕絲長，長絲藕笑郎。

回文—是中國詩歌特有的體制，指可以倒讀的詩篇，宋詞中回文體較少。

手紅冰碗藕，藕碗冰紅手—上句的「冰」是名詞，下句的「冰」作動詞用。古人常在冬天鑿冰藏於地窖，留待夏天解暑之用。

藕絲長—象徵人的情意綿長。

南歌子

（嘉祐八年，詩作於鳳翔）

帶酒衝山雨，和衣睡晚晴。不知鐘鼓報天明。夢裡栩然蝴蝶一身輕。

老去才都盡，歸來計未成。求田問舍笑豪英。自愛湖邊沙路免泥行。

衝—冒著。

栩然蝴蝶—《莊子．齊物論》：「昔者莊周夢為蝴蝶，栩栩然蝴蝶也。自喻適志與？不知周也。俄然覺，則蘧蘧然周也。不知周之夢為蝴蝶與？蝴蝶之夢為周與？」

「**求田**」**句**—諷刺那些不問國事，只知買田置產的人。笑豪英，是指這些凡夫俗子都要被天下英雄恥笑。

阮郎歸　初夏

綠槐高柳咽新蟬，薰風初入弦。
碧紗窗下水沉煙，棋聲驚晝眠。
微雨過，小荷翻，榴花開欲燃。
玉盆纖手弄清泉，瓊珠碎卻圓。

薰風—暖和的南風。

水沉煙—指沉香燃燒時飄送的裊裊輕煙。水沉，木質香料，又名沉水香。

和董傳留別

（治平元年，蘇軾在鳳翔，董傳曾與蘇軾相從）

粗繒大布裹生涯，腹有詩書氣自華。

厭伴老儒烹瓠葉，強隨舉子踏槐花。

囊空不辦尋春馬，眼亂行看擇婿車。

得意猶堪誇世俗，詔黃新濕字如鴉。

粗繒—粗絲綁髮，粗布披身。繒音增。

裹—經歷。

腹有—胸有，比喻學於成。

氣—表於外的精神氣色。

華—豐盈而實美。

老儒—博學而年長的學者。

瓠葉—作為下酒的酒菜用。瓠音護。

「**強隨舉子**」句—謂忙於考舉。長安舉子，自六月後，落第者不出京，七月後投獻新課，並於諸州府拔解，人稱「槐花黃，舉子忙」。

「**囊空**」二句—上句謂貧困，下句謂無妻。

「**得意**」二句—希望董傳中舉，揚眉吐氣，以誇世俗。

詔黃—用黃麻紙寫的任官詔令。

醉翁操

琅琊幽谷，山水奇麗，泉鳴空澗，若中音會，醉翁喜之，把酒臨聽，輒欣然忘歸。既去十餘年，而好奇之士沈遵聞之往遊，以琴寫其聲，曰〈醉翁操〉，節奏疏宕而音指華暢，知琴者以為絕倫。然有其聲而無其辭。翁雖為作歌，而與琴聲不合。又依《楚辭》作〈醉翁引〉，好事者亦倚其辭以制曲。雖粗合韻度而琴聲為詞所繩約，非天成也。後三十餘年，翁既捐館舍，遵亦沒久矣。有廬山玉澗道人崔閒，特妙於琴，恨此曲之無詞，乃譜其聲，而請於東坡居士以補之云。

琅琊—山名。在今安徽滁縣西南。

醉翁—即歐陽修。

沈遵—北宋琴家，官任太常博士。

繩約—比喻束縛、限制。

捐館舍—死亡的婉稱。

琅然，清圓，誰彈？響空山。
無言，惟翁醉中知其天。
月明風露娟娟，人未眠。
荷蕢過山前，曰有心也哉此賢。
醉翁嘯詠，聲和流泉。
醉翁去後，空有朝吟夜怨。
山有時而童顛，水有時而回川。
思翁無歲年，翁今為飛仙。
此意在人間，試聽徽外三兩弦。

琅然—聲音清朗貌。琅音郎。

清圓—此處用以形容泉聲清越圓轉。

知其天—理解樂曲中的天然妙趣。

「月明風露」二句—形容人們陶醉於此美妙樂曲，遲遲未能入眠。娟娟，美好的樣子。

蕢—音愧，草筐。《論語．憲問》有「子擊磬於衛，有荷蕢而過孔氏之門者，曰：『有心哉，擊磬乎！』」

童顛—指山無草木，如童稚之首也。

徽—琴徽，繫弦之繩。

第二章

（西元一〇六九—一〇七一）

宋神宗熙寧二年（西元一〇六九年）二月，蘇軾在京任殿中丞直史館，負責編修國史。此際正值王安石貫徹新法，主要內容有財政方面的青苗法、免役法、均輸法，軍事方面的保馬法、保甲法；為了培養適於推行新法的人才，科舉制度也隨之變革：取消詩賦，改試經義、策論，並制定經義的標準答案，這便是「新學」。

熙寧二年五月，蘇軾奏上一份〈議學校貢舉狀〉，認為詩賦優於策論，這意見一度打動神宗，卻被堅執不屈的王安石占了上風。自此以後，官員們依其對「新法」支持與否，分成「新黨」和「舊黨」，開始「新舊黨爭」。蘇軾的「舊黨」立場明朗化，王安石便在同一年冬天，派蘇軾擔任開封府推官，處理京城內外民事訴訟，意在使蘇沒有多餘精力議論政治。

熙寧三年（一〇七〇年）八月，蘇軾遭御史臺彈劾，雖查無實證，卻鬧得沸沸揚揚。司馬光要求離開朝廷，神宗認為他是在為蘇軾說話，答曰：「蘇軾非佳士，卿誤知之。」熙寧四年（一〇七一年）六月，蘇軾被任命為杭州通判。這一年，他三十六歲。

石蒼舒醉墨堂

（熙寧二年，蘇軾守父喪畢離蜀返京，曾與石蒼舒會於韓琦家中，此為至汴京後寄題之作）

人生識字憂患始，姓名粗記可以休，
何用草書誇神速，開卷惝怳令人愁。
我嘗好之每自笑，君有此病何年瘳。
自言其中有至樂，適意不異逍遙遊。
近者作堂名醉墨，如飲美酒消百憂。
乃知柳子語不妄，病嗜土炭如珍羞。
君於此藝亦云至，堆牆敗筆如山丘。

石蒼舒—子美，京兆（即長安）人，善草書。

姓名粗記可以休—據載，項羽年輕時，對叔父說：寫字只要能記姓名就夠了，不必再學下去了。蘇軾化用其語。

惝怳—模糊不清，此處形容草書變化無端。惝音敞。怳音謊。

瘳—病癒。音抽。

至樂—與下句「逍遙遊」，都是《莊子》篇名，這裡用其字面含義。至樂，最大的快樂。

柳子—柳宗元。

不妄—不差。

病嗜土炭如珍羞—承上句謂石蒼舒視墨汁如美酒而言。柳宗元曾說，他見過一位內臟有病的人，竟想吃土炭，吃不到就很難受；

興來一揮百紙盡，駿馬倏忽踏九州。
我書意造本無法，點畫信手煩推求。
胡為議論獨見假，隻字片紙皆藏收。
不減鍾張君自足，下方羅趙我亦優。
不須臨池更苦學，完取絹素充衾裯。

凡是溺愛文辭、擅長書法的人，都像得了這種怪癖。

「君於」二句—石蒼舒書法造詣達到極致，他用壞的筆已堆成了小山，足見功夫之深。

「興來」二句—形容書寫神速。

意造—以意為之，自由創造。

推求—指研究筆法。

「**胡為**」二句—為什麼我的議論獨獨受到你的贊同，書法作品也受到你的偏愛，被你收藏？意指石蒼舒與自己觀點一致。

鍾張—鍾繇、張芝，皆漢末名書法家。

方—比。

羅趙—羅暉、趙襲，皆漢末書法家。

「**不須**」二句—不必學張芝臨池苦學書法；與其用絹素寫字，還不如用作被單。

潁州初別子由

（熙寧四年九月，蘇軾出京往杭州任通判，先至陳州與子由同遊，離別時子由送至潁州，夜間舟中話別）

近別不改容，遠別涕霑胸。
咫尺不相見，實與千里同。
人生無離別，誰知恩愛重？
始我來宛丘，牽衣舞兒童。
便知有此恨，留我過秋風。
秋風亦已過，別恨終無窮。
問我何年歸，我言歲在東。

宛丘—今河南淮陽，宋代為陳州州治。

「**牽衣**」句—指兒女們牽著大人的衣服，高興地蹦蹦跳跳。

歲在東—歲星在東方，指寅年。蘇軾自料三年任滿後必歸，三年

離合既循環，憂喜迭相攻。
悟此長太息，我生如飛蓬。
多憂髮早白，不見六一翁。

後的熙寧七年為甲寅年。

太息—大嘆一口氣。

飛蓬—指行跡不定。

六一翁—歐陽修，自號六一居士。六一，指藏書一萬卷、集金石遺文一千卷、琴一張、棋一局、酒一壺和老於此間的一老翁。蘇軾兄弟至潁州後，曾拜見歐陽修。

戲子由

（熙寧四年七月，蘇軾到杭州通判任後所作）

宛丘先生長如丘，宛丘學舍小如舟。
常時低頭誦經史，忽然欠伸屋打頭。
斜風吹帷雨注面，先生不愧旁人羞。
任從飽死笑方朔，肯為雨立求秦優？
眼前勃谿何足道？處置六鑿須天游。
讀書萬卷不讀律，致君堯舜知無術。
勸農冠蓋鬧如雲，送老齏鹽甘似蜜。
門前萬事不挂眼，頭雖長低氣不屈。

戲——調侃，嘲弄。

宛丘先生——指擔任陳州州學教授的蘇轍。陳州即古宛丘。

長如丘——指蘇轍身材高大。

欠伸——打哈欠，伸懶腰。

「任從」二句——任憑被飽死的侏儒取笑，也不肯為免除雨淋而向侏儒優伶求助。方朔，西漢東方朔，曾對漢武帝說，自己身長九尺，卻和三尺侏儒的俸祿相等。秦優，秦始皇的伶人優旃是個矮子，曾用計使站在雨中執勤的衛士輪番休息。

六鑿、天游——皆出自《莊子．外物》。六鑿，謂喜怒哀樂愛惡六情。天游，任隨自然之性而自在。

「讀書」二句——朝廷新興律學，官吏都要學習明習刑律，蘇軾對此不以為然。致君堯舜，輔佐君主，使其如堯舜般聖明。

餘杭別駕無功勞，畫堂五丈容旂旄。
重樓跨空雨聲遠，屋多人少風騷騷。
平生所慚今不恥，坐對疲氓更鞭箠。
道逢陽虎呼與言，心知其非口諾唯。
居高志下真何益，氣節消縮今無幾。
文章小技安足程，先生別駕舊齊名。
如今衰老俱無用，付與時人分重輕。

「勸農」二句—指朝廷派往各地督導的勸農官吏，到處生事。送老，過日子。齏音几，細切的醬菜，指生活平淡清苦。

「餘杭」四句—蘇軾正任杭州通判，故自稱「餘杭別駕」。畫堂高敞，重樓隔空，形容屋多人少，與子由那「小如舟」的學舍成對比。

「平生」四句—坐在高堂之上，對貧苦百姓加以鞭笞，譏諷朝廷鹽法太急。以魯國季氏家臣陽貨喻指自己不喜歡的監司，心雖不喜卻不敢與之爭議。陽虎，即陽貨。

居高志下—蘇軾自謙地位比弟弟子由高，志氣卻低下不如。

「文章」二句—引杜甫〈貽柳少府〉詩：「文章一小技，於道未為尊。」說自己與子由會寫文章不值得稱道。安足程，安能引以為法程。

遊金山寺

（熙寧四年十一月，途經鎮江，遊金山寺作此詩）

我家江水初發源，宦遊直送江入海。
聞道潮頭一丈高，天寒尚有沙痕在。
中泠南畔石盤陀，古來出沒隨濤波。
試登絕頂望鄉國，江南江北青山多。
羈愁畏晚尋歸楫，山僧苦留看落日。
微風萬頃靴紋細，斷霞半空魚尾赤。
是時江月初生魄，二更月落天深黑。
江心似有炬火明，飛焰照山棲烏驚。

金山寺—位於今江蘇鎮江金山之上。

江—長江。

宦遊—外出做官。

中泠—泉名，在金山西北，泉水甘美。

盤陀—巨石不平的樣子。

羈愁—旅遊在外的人的憂愁。

歸楫—指返回鎮江的船。

山僧—指金山寺長老寶覺、圓通。

靴紋—鞋上的紋路，比喻江面的波紋。

斷霞—此指成片的晚霞。

魚尾赤—像魚尾般鮮紅。

魄—指新月。

悵然歸臥心莫識，非鬼非人竟何物。
江山如此不歸山，江神見怪驚我頑。
我謝江神豈得已，有田不歸如江水。

「江心」二句—山林水澤在夜裡常有野火閃現，古人稱此特異現象為「陰火」。栖烏，棲宿的烏鴉。
「江山」二句—指江山如此秀麗，而我仍在外奔波，未辭官歸隱，連江神也要驚異於我頑固偏欲為官。
謝—告罪。
豈得已—即不得已。
有田不歸如江水—指著水發誓，若是有田可耕，哪會不歸臥林泉。

泗州僧伽塔

（熙寧四年，赴杭途中所作）

我昔南行舟繫汴，逆風三日沙吹面。
舟人共勸禱靈塔，香火未收旗腳轉。
回頭頃刻失長橋，卻到龜山未朝飯。
至人無心何厚薄，我自懷私欣所便。
耕田欲雨刈欲晴，去得順風來者怨。
若使人人禱輒遂，造物應須日千變。
我今身世兩悠悠，去無所逐來無戀。
得行固願留不惡，每到有求神亦倦。

僧伽塔—唐西域人僧伽大師在泗州所建之塔。僧伽去世後葬其骨灰於此。

「**我昔**」二句—指治平三年護送父喪返蜀，由汴乘舟南行，經過泗州遇風阻之苦。

舟人—船伕。

旗腳轉—指由旌旗飄蕩看出風勢轉向。

至人—道德修養達到最高境界的人。

「**去無**」句—指來去無心，去留任便，根本不放在心上。

退之舊云三百尺，澄觀所營今已換。
不嫌俗士汙丹梯，一看雲山繞淮甸。

「退之」二句－韓愈〈送僧澄觀〉詩云，僧伽塔經澄觀重建後，有三百尺之高。
俗士－出家人目中的普通人。
甸－郊外之地。

臘日遊孤山訪惠勤、惠思二僧

（熙寧四年冬，蘇軾到杭州任通判不久，訪惠勤等作此詩）

天欲雪，雲滿湖，樓臺明滅山有無。
水清出石魚可數，林深無人鳥相呼。
臘日不歸對妻孥，名尋道人實自娛。
道人之居在何許？寶雲山前路盤紆。
孤山孤絕誰肯廬，道人有道山不孤。
紙窗竹屋深自暖，擁褐坐睡依團蒲。
天寒路遠愁僕夫，整駕催歸及未晡。

孤山—杭州的名勝。

惠勤、惠思—餘杭人，工詩、能文。

「樓臺」句—寫天氣陰沉，樓臺山巒似有若無。

廬—結廬居住。

道人有道—修道的人有了道行。

團蒲—用蒲草做成的圓形坐墊。

僕夫—駕車的車夫。

晡—申時，下午三時至五時。晡音ㄅㄨ。

出山迴望雲木合，但見野鶻盤浮圖。
茲遊淡薄歡有餘，到家恍如夢蘧蘧。
作詩火急追亡逋，清景一失後難摹。

野鶻—野鷹。鶻音湖。

浮圖—塔。

蘧蘧—驚動的樣子。《莊子・齊物論》：「俄然覺，則蘧蘧然周也。」蘧音渠。

火急—形容急著要記下此次孤山之遊種種。

亡逋—逃亡者。作者怕清景一失後難摹，所以就要即刻寫詩。逋音ㄅㄨ。

第三章

（西元一〇七二—一〇七九）

宋神宗熙寧四年歲末，蘇軾到達杭州通判任上，離開了京師的變法風潮，卻無法擺脫新法執行上的枝節，例如十一月冬至後，他被派往湖州監視開通運鹽河工程。

熙寧六年（西元一〇七三年），朝廷設立經義局，修定《詩經》、《尚書》、《周禮》三部經典的標準解釋，用於科舉考試。在詩詞上大放文采的蘇軾，面對研讀「三經新義」才是唯一仕進之途的局面，實在陷入了兩難。

熙寧七年到九年之間，王安石遭到新黨中壯派的打擊，兩次罷相，最後閒居江寧府。神宗親自掌權，除積極向南方和西北用兵，還將年號改為元豐。蘇軾已在杭州任滿三年，於熙寧八年改任密州知州，次年又移知河中府，熙寧十年（一〇七七年）二月，在赴河中府的路上接到命令，改任徐州知州。按照慣例，他要先到京城述職，然後才能赴任，但他到了開封城外，卻「有旨不許入國門」，這表示皇帝不想見到他。無奈的蘇軾只好直接去徐州上任，又碰到黃河決堤，水漫徐州城下，蘇軾忙於築堤救災，表現卓越而受到嘉獎。

蘇軾在地方官任上的表現優異，但新黨的官員卻早就在收集他的罪狀——即他在詩詞和散文中批評當前政策的文字。由王安石主持的「新政」，已經變成皇帝親自主持的「聖政」，蘇軾膽敢非議聖政，自然難逃一劫。元豐二年（一〇七九年），御史臺長官彈劾蘇軾詩語譏諷朝廷，其時蘇軾已由徐州移知湖州，神宗就派官員到湖州衙門逮捕蘇軾，據目擊者云：「頃刻之間，拉一太守，如驅犬雞。」

蘇軾被拘捕回京後，關押在又有「烏臺」之稱的御史臺受審，史稱「烏臺詩案」。歷時一百三十天，蘇軾因為「誹謗朝政、妖言惑眾」的罪名，詔貶為檢校水部員外郎、黃州團練副使，本州安置。蘇轍也被牽連，責鹽筠州鹽酒稅。

杭、密、徐、湖前後八年的歷練，蘇軾百忙之中仍創作了大量的詩歌，尤其是在杭州期間的作品，結為《蘇子瞻學士錢塘集》刻印出版，奠定了他在當代詩壇的地位。如果杭州是蘇軾詞創作的起點，那麼任職密州期間則是他創作的飛躍階段。

放鶴亭記

熙寧十年秋，彭城大水，雲龍山人張君之草堂，水及其半扉。明年春，水落，遷於故居之東，東山之麓。升高而望，得異境焉，作亭於其上。彭城之山，岡嶺四合，隱然如大環，獨缺其西一面。而山人之亭，適當其缺。春夏之交，草木際天，秋冬雪月，千里一色，風雨晦明之間，俯仰百變。山人有二鶴，甚

彭城－今徐州。
雲龍山－在州城南。
張君－張驥隱居在此。
扉－門扇。
明年－隔年。

馴而善飛，旦則望西山之缺而放焉，縱其所如，或立於陂田，或翔於雲表，暮則傃東山而歸，故名之曰「放鶴亭」。

郡守蘇軾，時從賓佐僚吏往見山人，飲酒於斯亭而樂之。挹山人而告之曰：「子知隱居之樂乎？雖南面之君，未可與易也。《易》曰：『鳴鶴在陰，其子和之。』《詩》曰：『鶴鳴於九皋，聲聞於天。』蓋其為物清遠閑放，超然於塵垢之外，故《易》、《詩》人以

陂—池塘、湖泊。音皮。

雲表—雲外。

傃—向、往。

鳴鶴在陰，其子和之—鶴在隱蔽處鳴叫，其同類應聲和唱。

鶴鳴於九皋，聲聞於天—鶴在水邊高坎鳴叫，其聲音洪亮傳得又高又遠。「鶴鳴九皋」比喻才德深厚，雖處於卑賤中，仍不掩其光芒。

比賢人君子。隱德之士，狎而玩之，宜若有益而無損者，然衛懿公好鶴則亡其國。周公作《酒誥》，衛武公作《抑戒》，以為荒惑敗亂無若酒者；而劉伶、阮籍之徒，以此全其真而名後世。嗟夫！南面之君，雖清遠閑放如鶴者，猶不得好；好之，則亡其國。而山林遁世之士，雖荒惑敗亂如酒者，猶不能為害，而況於鶴乎！由此觀之，其為樂未可以同日而語也。」

南面之君——南面稱王的君主。坐北朝南者，天子之位也。

山人忻然而笑曰：「有是哉！」乃作《放鶴》、《招鶴》之歌曰：

「鶴飛去兮，西山之缺。高翔而下覽兮，擇所適。翻然斂翼，宛將集兮，忽何所見，矯然而復擊。獨終日於澗谷之間兮，啄蒼苔而履白石。鶴歸來兮，東山之陰。其下有人兮，黃冠草屨，葛衣而鼓琴。躬耕而食兮，其餘以汝飽。歸來歸來兮，西山不可以久留。」元豐元年十一月初八記

翻然—變動的樣子。

黃冠—用草編成的斗笠，為農夫所戴。

葛衣—葛布作的衣服，多在夏季穿戴。粗布葛衣叫「綌」，細布葛衣稱「絺」。

東山、**西山**—本文的東山喻為隱居，西山則喻為出仕。當時蘇軾任徐州知府，卻頗羨慕隱居之樂，透露出對於仕途的厭倦之意。

祭歐陽文忠公文

嗚呼哀哉！公之生於世，六十有六年。民有父母，國有蓍龜；斯文有傳，學者有師；君子有所恃而不恐，小人有所畏而不為。譬如大川喬嶽，不見其運動，而功利之及於物者，蓋不可以數計而周知。今公之沒也，赤子無所仰芘，朝廷無所稽疑；斯文化為異端，而學者至於用夷；君子以為無為為善，而小

蓍龜—蓍草與大龜，均為古人卜筮時所用，故用以指占卜。

喬嶽—高山。

芘—通「庇」，庇護。

稽疑—問卜決疑，考察疑難之事。

異端—儒家稱其他持不同意見的學說和不合正流的學說。

人沛然自以為得時：譬如深淵大澤，龍亡而虎逝，則變怪雜出，舞鰌䱇而號狐狸。

昔其未用也，天下以為病；而其既用也，則又以為遲；及其釋位而去，也莫不冀其復用；至其請老而歸也，莫不惆悵失望，而猶庶幾於萬一者，幸公之未衰。孰謂公無復有意於斯世也，奄一去而莫予追！豈厭世溷濁，潔身而逝乎？將民之無祿，而天莫之遺？

舞鰌䱇而號狐狸—鰍鱔作舞狐狸號叫，喻小人得勢。鰌音秋。䱇音善。

釋位—離開本職。

奄—急遽、匆促、忽然。

溷濁—汙濁。溷音混。

昔我先君懷寶遁世，非公則莫能致；而不肖無狀，因緣出入，受教於門下者，十有六年於茲。聞公之喪，義當匍匐往弔，而懷祿不去，愧古人以忸怩。緘詞千里，以寓一哀而已矣！蓋上以為天下慟，而下以哭其私。嗚呼哀哉！尚饗！

懷寶遁世—胸懷大略隱居於世。

匍匐往弔—跪著前去憑弔。

懷祿不去—身有公務不能前往。

忸怩—慚愧難為情或不大方的樣子。亦作「忸捏」。

緘—寄。

寓—寄託。

雨中遊天竺靈感觀音院

（熙寧五年）

蠶欲老，麥半黃，山前山後雨浪浪，
農夫輟耒女廢筐，白衣仙人在高堂。

靈感觀音院－在杭州上天竺，五代時錢鏐所建。宋仁宗時，因禱雨有應，賜名「靈感觀音院」。

浪浪－形容雨聲之響。

「農夫」句－指大雨妨礙了農事。耒，古代木製耕具上的曲柄，此指農具。

白衣仙人－即觀音。這裡暗指官吏深居高堂，毫不關心民情。

贈孫莘老七絕（選一）

（熙寧五年）

嗟予與子久離群，耳冷心灰百不聞。
若對青山談世事，當須舉白便浮君。

孫莘老—孫覺，是王安石的好友，也因為反對新法而離朝，出任湖州知州。熙寧五年蘇軾從杭州被派往湖州，與孫覺協商河堤修築之事，故有贈詩。

離群—離開了原先一同在朝為官的同僚。

白—大白，酒杯名。

浮—罰酒，引申為滿飲。

飲湖上初晴後雨二首（選一）

（熙寧六年）

水光瀲灩晴方好，山色空濛雨亦奇。
欲把西湖比西子，淡妝濃抹總相宜。

瀲灩——水盛而波濤翻動的樣子。

西子——指西施。

行香子

攜手江村，梅雪飄裙。
情何限、處處消魂。
故人不見，舊曲重聞。
向望湖樓，孤山寺，湧金門。

尋常行處，題詩千首。
繡羅衫、與拂紅塵。
別來相憶，知是何人。
有湖中月，江邊柳，隴頭雲。

梅雪飄裙—梅花飄雪，灑落在衣裙上。
何限—猶「無限」。
消魂—魂魄離散，形容極度愁苦的狀態。
故人—指陳襄，字述古。蘇軾好友，時任杭州知州。
望湖樓—又名看經樓，在杭州。
孤山寺—寺院名，又叫廣化寺、永福寺，在杭州孤山南。
湧金門—杭州城之正西門，又名豐豫門。
尋常行處—平時常去的地方。
繡羅衫—絲織品做的上衣。
拂紅塵—用衣袖拂去上面的塵土。
湖—指杭州西湖。
隴—小山丘，田埂。此處指孤山。

吳中田婦歎

（熙寧六年二月）

今年粳稻熟苦遲，庶見霜風來幾時。
霜風來時雨如瀉，耙頭出菌鎌生衣。
眼枯淚盡雨不盡，忍見黃穗臥青泥。
茅苫一月隴上宿，天晴獲稻隨車歸。
汗流肩赤載入市，價賤乞與如糠粞。
賣牛納稅拆屋炊，慮淺不及明年饑。
官今要錢不要米，西北萬里招羌兒。
龔黃滿朝人更苦，不如卻作河伯婦！

粳—俗稱「大米」。

耙—翻土的農具。

衣—這裡指鐵鏽。

茅苫—茅棚。苫，草簾。苫音刪。

「汗流」句—流著汗將收成挑到城裡去賣，肩膀都挑得紅腫起來了。

粞—碎米。粞音西。

「慮淺」句—指顧不得明年的饑荒了。

官今要錢不要米—新法規定，交稅、免役均用現鈔，農民必須把實物換成錢幣，於是出現「錢荒米賤」的現象，導致田地荒疏，民躲避稅收而流離失所。

「**西北**」句—用錢來招撫西北的羌族部落，鞏固邊防，卻讓人民生活困苦。

「**龔黃**」二句—清官滿朝，百姓卻更苦，吳中田婦還不如投水嫁給河神的好。龔遂、黃霸均是漢代寬政恤民的清官，此借指推行新法的官員，是反語。河伯，指河神。

法惠寺橫翠閣

（熙寧六年作，五七言古體詩）

朝見吳山橫，暮見吳山縱。
吳山多故態，轉側為君容。
幽人起朱閣，空洞更無物。
惟有千步岡，東西作簾額。
春來故國歸無期，人言秋悲春更悲。
已泛平湖思濯錦，更看橫翠憶峨眉。
雕欄能得幾時好，不獨憑欄人易老。
百年興廢更堪哀，懸知草莽化池臺。

法惠寺－在杭州清波門外，舊名興慶寺，為五代時吳越王所建。橫翠閣在寺內。

吳山－一名胥山，以舊時山上有伍子胥祠而得名，俗稱城隍山。

轉側為君容－打扮好以後，轉換不同的角度，讓你欣賞。這是把吳山比作美女，用《戰國策・趙策》中「士為知己者死，女為悅己者容」的典故。

幽人－雅士、隱士，蘇軾往往以幽人自況。

千步岡－指吳山。

簾額－簾子的上端，這裡把吳山比作法惠寺的簾額。

人言秋悲－宋玉〈九辯〉：「悲哉，秋之為氣也！草木搖落而變衰。」

平湖－指西湖。

濯錦、峨嵋－四川成都錦江，據

遊人尋我舊遊處，但覓吳山橫處來。

說在江中濯錦顏色更加鮮明。蘇軾是四川人，所以他從西湖和吳山聯想到錦江和峨嵋山。

懸知—預先知道。

草莽化池臺—即池臺化為草莽。

山村五絕（選三）

（熙寧六年春，以尖刻的反語譏諷新法，在烏臺詩案中被指為罪狀）

煙雨濛濛雞犬聲，有生何處不安生。
但令黃犢無人佩，布穀何勞也勸耕。

老翁七十自腰鐮，慚愧春山筍蕨甜。
豈是聞韶解忘味，邇來三月食無鹽。

有生—有生命者。

「**但令**」二句—如果放寬鹽禁，人們不須佩戴刀劍去販賣私鹽，那麼人們自然勤於耕作，無須布穀鳥的督勸催耕。布穀鳥暗指朝廷派往各地提舉新法的勸農使。黃犢，借指刀劍。佩，佩帶。

腰鐮—腰間佩著鐮刀。

「**慚愧**」句—春天滿山都長出甜嫩的筍蕨，卻無鹽可烹煮，愧對老天的好意。

杖藜裹飯去匆匆，過眼青錢轉手空。
贏得兒童語音好，一年強半在城中。

聞韶、忘味—見《論語・述而》，孔子聽了優美的韶樂，三月不知肉味。

「邇來」句—食而無味，是近三個月都沒有鹽可吃，哪裡是聽了韶樂而忘了滋味。

杖藜—拄著藜杖。

青錢—銅錢，此指青苗錢。青苗法規定，每年青黃不接時，政府貸錢給農民，收獲後加二分利歸還。

轉手空—馬上就用完了。

「贏得」二句—農民為了貸款繳錢，大半年時間都在城裡，徒然讓孩子學會了城裡人的口音。

新城道中二首

（熙寧六年二月，視察杭州屬縣，自富陽過新城作）

東風知我欲山行，吹斷簷間積雨聲。
嶺上晴雲披絮帽，樹頭初日掛銅鉦。
野桃含笑竹籬短，溪柳自搖沙水清。
西崦人家應最樂，煮芹燒筍餉春耕。

絮帽─棉帽。
銅鉦─古代一種銅製的樂器，又名丁寧，形狀像鐘，以槌擊之而鳴。鉦音征。
西崦─這裡泛指山。崦音煙。
餉─用食物款待別人。

身世悠悠我此行，溪邊委轡聽溪聲。
散材畏見搜林斧，疲馬思聞卷旆鉦。
細雨足時茶戶喜，亂山深處長官清。
人間歧路知多少？試向桑田問耦耕。

委轡—放鬆了轠繩。

散材、疲馬—皆作者自況。散材，指無用之才，典出《莊子·逍遙遊》。

搜林斧—喻指新、舊黨爭的黨禍。

卷旆鉦—卷旆，收旗。鉦，古代行軍，進退聽鉦、鼓，鉦以靜之，鼓以動之。旆音沛。

「亂山」句—讚美新城縣令晁端友為官清正，言外意謂富州大縣吏治繁苛。

問耦耕—《論語·微子》：「長沮、桀溺耦而耕，孔子過之，使子路問津焉。」此指向農夫問路。耦音偶。

病中遊祖塔院

（熙寧六年）

紫李黃瓜村路香，烏紗白葛道衣涼。
閉門野寺松陰轉，欹枕風軒客夢長。
因病得閒殊不惡，安心是藥更無方。
道人不惜階前水，借與匏樽自在嘗。

祖塔院—今虎跑寺。

烏紗—官帽。

白葛道衣—用白色葛布裁做的衣服。作者好佛，又是到寺裡去，所以把自己的衣服稱作道衣。

匏樽—把匏瓜剖開做成的一種酒器。

有美堂暴雨

（熙寧六年七月，至天竺弔惠辯作挽詞後，與陳襄自有美堂夜歸作）

遊人腳底一聲雷，滿座頑雲撥不開。
天外黑風吹海立，浙東飛雨過江來。
十分瀲灩金樽凸，千杖敲鏗羯鼓催。
喚起謫仙泉灑面，倒傾鮫室瀉瓊瑰。

腳底一聲雷—在吳山頂上的遊人，覺得霹靂從腳底下響起。
吹海立—形容風之狂，海水翻滾如直立。
金樽凸—雨勢盛大，像是金樽裝滿了水，飽滿到張力一破，水勢便傾瀉而下。
「**喚起**」二句—《唐書．李白傳》說，賀知章叫李白為謫仙，玄宗召李白為樂章，誰知白已醉，於是左右以水潑面喚醒李白。而雨勢之繁密，像是把鮫魚皮袋中的瓊色瑰玉倒傾而下。

除夜野宿常州城外二首

（熙寧六年十一月，蘇軾往常州、潤州賑濟作）

行歌野哭兩堪悲，遠火低星漸向微。
病眼不眠非守歲，鄉音無伴苦思歸。
重衾腳冷知霜重，新沐頭輕感髮稀。
多謝殘燈不嫌客，孤舟一夜許相依。

除夜—除夕，又稱大年夜。

病眼—用白居易〈除夜〉：「病眼少眠非守歲」句意，將少改為不。

南來三見歲云徂，直恐終身走道塗。
老去怕看新曆日，退歸擬學舊桃符。
煙花已作青春意，霜雪偏尋病客鬚。
但把窮愁博長健，不辭醉後飲屠蘇。

「南來」二句－蘇軾於熙寧四年冬到杭州通判任，至作此詩時，已過三個除夕。

桃符－舊俗，元日用桃木寫神荼、鬱壘二神名，懸掛門旁以壓邪，稱桃符。

「不辭」句－古人在元日要依家人長幼次序飲屠蘇酒。蘇軾其時不足四十，卻自嘆老衰如此。

昭君怨

誰作桓伊三弄，驚破綠窗幽夢？新月與愁煙，滿江天。

欲去又還不去，明日落花飛絮。飛絮送行舟，水東流。

桓伊三弄—桓伊，字叔夏，小字子野。東晉時音樂家，善箏笛。《世說新語．任誕》載：「王子猷（徽之）出都，尚在渚下。舊聞桓子野善吹笛，而不相識。遇桓於岸上過，王在船中，客有識之者云：『是桓子野。』王便令人與相聞云：『聞君善吹笛，試為我一奏。』桓時已貴顯，素聞王名，即便回，下車，踞胡床，為作三調。弄畢，便上車去，客主不交一言。」

綠窗—碧紗窗。

南鄉子　梅花詞和楊元素

（熙寧七年初春）

寒雀滿疏籬，爭抱寒柯看玉蕤。
忽見客來花下坐，
驚飛、踏散芳英落酒卮。
痛飲又能詩，坐客無氊醉不知。
花謝酒闌春到也，
離離、一點微酸已著枝。

楊元素—名繪，時為杭州太守，與蘇軾時常詩詞唱和。

柯—草木的枝莖。

玉蕤—比喻白色的梅花。蕤，下垂的裝飾物。

英—花，花片。

卮—音之，酒器。

痛飲—開懷暢飲。

「坐客無氊」句—《晉書．吳隱之傳》載吳隱之為官清廉，勤苦同於貧庶，以竹篷當屏風，坐無氊席。《新唐書．鄭虔傳》載鄭虔著書八十餘篇，諸儒服其善著書，時號「鄭廣文」。杜甫曾贈詩曰：「才名四十年，坐客寒無氊。」此句言酒醉之時，連坐無氊席的寒冷都不知道了。

少年遊 潤州作，代人寄遠

（熙寧七年）

去年相送，餘杭門外，飛雪似楊花。
今年春盡，楊花似雪，猶不見還家。
對酒捲簾邀明月，風露透窗紗。
恰似姮娥憐雙燕，分明照，畫梁斜。

潤州——隋唐州名，今江蘇鎮江。
餘杭——即杭州。
姮娥——比喻月亮。姮音圓。

無錫道中賦水車

（熙寧七年）

翻翻聯聯銜尾鴉，犖犖确确蛻骨蛇。
分疇翠浪走雲陣，刺水綠鍼抽稻芽。
洞庭五月欲飛沙，鼉鳴窟中如打衙。
天公不見老翁泣，喚取阿香推雷車。

水車─三國時馬鈞創，即龍骨車。

「**翻翻**」二句─用銜尾而飛的烏鴉，形容水車轉動不絕；以蛻皮剩骨的蛇，形容水車停止時的骨架。犖犖确确，體大堅硬貌。犖音絡。确音卻。

欲飛沙─指天旱。

鼉─俗稱豬婆龍，相傳天旱時在窟中鳴叫，聲如擊鼓。

打衙─擊鼓。

阿香─傳說中推雷車的女鬼。

醉落魄 離京口作

（熙寧七年）

輕雲微月，二更酒醒船初發。
孤城回望蒼煙合，
記得歌時，不記歸時節。

巾偏扇墜藤床滑，覺來幽夢無人說。
此生飄蕩何時歇？
家在西南，常作東南別。

孤城—指京口。

蒼煙合—灰濛濛的煙霧聚攏在一起。

「家在西南」句—蘇軾的家鄉在四川眉山，這時正任杭州通判，經常來往於鎮江、丹陽、常州一帶。此句寫作者仕宦漂零。

虞美人　有美堂贈述古

（熙寧七年七月，杭州知州陳襄任滿宴別，蘇軾即席賦詞作）

湖山信是東南美，一望彌千里。
使君能得幾回來？
便使樽前醉倒更徘徊。
沙河塘裡燈初上，水調誰家唱？
夜闌風靜欲歸時，
惟有一江明月碧琉璃。

有美堂—嘉祐初年，學士梅摯任杭州太守，臨行時仁宗作詩送行，開頭兩句是「地有湖山美，東南第一州」。梅摯到任後，築「有美堂」於吳山上，歐陽修曾為作記。

信是—確實是。

使君—漢時稱州牧為使君，後世用來稱州郡長官，這裡是指陳襄。

沙河塘—在杭州城南，宋時是熱鬧繁華之地。

水調—本為隋代民間曲子，到唐代極為流行。

碧琉璃—形容月光映照之下的江水。

沁園春

（熙寧七年十月）

孤館燈青，野店雞號，旅枕夢殘。
漸月華收練，晨霜耿耿；
雲山摛錦，朝露漙漙。
世路無窮，勞生有限，
似此區區長鮮歡。
微吟罷，憑征鞍無語，往事千端。
當時共客長安，似二陸初來俱少年。

孤館—寓居客舍住的人很少。
燈青—點著燈起床，燈發著青光。
野店雞號—意指走得早。溫庭筠〈商山早行〉：「雞聲茅店月，人跡板橋霜。」野，村落。
練—生絲煮熟的白絹，比喻月光的皎潔。
耿耿—微光。
摛錦—似錦緞展開。形容雲霧繚繞的山巒色彩不一。摛音吃，鋪開，舒展。
漙漙—露盛多的樣子。漙音團。
世路—人世的經歷。
勞生—辛苦的人生。
區區—渺小，這裡形容自己的處境不順利。

有筆頭千字，胸中萬卷；
致君堯舜，此事何難。
用舍由時，行藏在我，
袖手何妨閒處看。
身長健、但優游卒歲，且鬬尊前。

鮮—少。
微吟—小聲吟哦。
憑征鞍—站在馬身邊。
千端—千頭萬緒。
共客長安—兄弟二人嘉佑間客居汴京應試。長安，代指汴京。
二陸—晉朝陸雲、陸機兄弟，俱有文才，此處喻指蘇軾、蘇轍。
筆頭千字—即下筆千言之意。
胸中萬卷—胸中藏有萬卷書。形容讀書很多，學識淵博。
致君—輔佐國君使成聖明之主。
用舍由時，行藏在我—《論語·述而》：「用之則行，舍之則藏。」意思是被任用就出仕，不被任用就退隱。時，時機、機緣。行藏，入世行道或出世隱居。
袖手—不過問。
優游卒歲—悠閒地度過一生。
且鬬尊前—猶且樂尊前。唐牛僧

孺〈席上贈劉夢得〉：「休論世上升沉事，且鬪尊前見在身。」鬪，喜樂戲耍之詞。尊，酒杯。

醉落魄　蘇州閶門留別

（熙寧七年十月）

蒼顏華髮，故山歸計何時決？
舊交新貴音書絕，
惟有佳人，猶作殷勤別。

離亭欲去歌聲咽，瀟瀟細雨涼吹頰。
淚珠不用羅巾浥，
彈在羅衫，圖得見時說。

「蒼顏」句－見相待侍宴的歌伎豆蔻年華，自感未老先衰。

舊交－老朋友。

新貴－指新上台的變法派，蘇軾與他們的關係不太好。

「淚珠」三句－勸佳人不用羅巾揾淚，任它灑滿羅衫，等待再次相會時，以此作為相知貴心的見證。

更漏子　送孫巨源

（熙寧七年十月）

水涵空、山照市，西漢二疏鄉里。
新白髮、舊黃金，故人恩義深。
海東頭、山盡處，自古客槎來去。
槎有信、赴秋期，使君行不歸。

孫洙—字巨源，揚州人。蘇軾被命罷杭州通判，權知密州，蘇、孫二人曾會於潤州，並同至楚州相別。

二疏鄉里—西漢二疏（疏廣、疏受）叔姪皆東海（海州）人。廣為太子太傅，受為少傅，同時請退歸鄉里，得到世人景仰。孫洙曾知海州，故云「二疏鄉里」。

白髮黃金—二疏歸里，宣帝賜黃金二十斤，太子贈五十斤，二疏以之供具，日與故舊賓客飲樂，曰：「此聖主之所以惠養老臣也。」鄉里族人誠為悅服。尊白髮，輕黃金。故人恩義深，既讚美二疏，亦兼譽孫巨源。

客槎來去—用《博物志》：「近世有人居海上，每年八月，見海槎來，不違時。」

「使君」句—每年八月，客槎一

定準時來到海上，人（孫洙）則未有歸期。

雪後書北臺壁二首

（熙寧七年十一月，蘇軾改任密州知州後作）

黃昏猶作雨纖纖，夜靜無風勢轉嚴。
但覺衾裯如潑水，不知庭院已堆鹽。
五更曉色來書幌，半夜寒聲落畫簷。
試掃北臺看馬耳，未隨埋沒有雙尖。

北臺—在密州北。熙寧八月蘇軾加以修葺，蘇轍命名為超然臺。
纖纖—形容毛毛雨。
嚴—寒氣冷冽。
衾裯—泛指被褥。
堆鹽—喻積雪。
曉色—拂曉的天色，此指雪色。
書幌—書窗的布簾。
畫簷—彩繪的屋簷。
「試掃」二句—群山為雪所封，僅露馬耳山之雙尖。

城頭初日始翻鴉，陌上晴泥已沒車。
凍合玉樓寒起粟，光搖銀海眼生花。
遺蝗入地應千尺，宿麥連雲有幾家。
老病自嗟詩力退，空吟冰柱憶劉叉。

「凍合」二句—據蘇軾門人趙令疇〈侯鯖錄〉載，王安石認為這是用道家典故。玉樓指雙肩，凍合玉樓即兩肩凍得縮在一起。起粟，起雞皮疙瘩。光搖銀海，雪光讓兩眼昏花。

「遺蝗」二句—蝗蟲為雪深埋，來年蝗災將減輕。麥子秋冬下種，隔年夏初才成熟，故稱宿麥。

「空吟」句—唐代詩人劉叉，作有〈冰柱〉等詠雪詩篇。蘇軾感嘆自己不能作出像那樣的詠雪好詩。

江城子　湖上與張先同賦

（熙寧七年）

鳳凰山下雨初晴，水風清，晚霞明。
一朵芙蕖，開過尚盈盈。
何處飛來雙白鷺，如有意，慕娉婷。

忽聞江上弄哀箏，苦含情，遣誰聽？
煙斂雲收，依約是湘靈。
欲待曲終尋問取，人不見，數峰青。

湖—指杭州西湖。

張先—字子野，年長蘇軾四十七歲，北宋著名詞人。

鳳凰山—在杭州城南，下臨錢塘江。

芙蕖—荷花的別名。蕖音渠。

盈盈—美好的樣子。

娉婷—姿態美好。

苦—甚、很。

湘靈—湘水之神。

數峰青—用唐代錢起「曲終人不見，江上數峰青」之句。

臨江仙 送王緘

（熙寧七年秋冬間）

忘卻成都來十載，因君未免思量。
憑將清淚灑江陽。
故山知好在，孤客自悲涼。

座上別愁君未見，歸來欲斷無腸。
殷勤且更盡離觴。
此身如傳舍，何處是吾鄉！

王緘—字元直，蘇軾亡妻王氏之弟。當時蘇軾尚在杭州通判任所，王元直自眉山到錢塘看望蘇軾。

「忘卻」句—從蘇軾之妻王弗歸葬眉山（因屬成都府路，故以成都稱之），至王緘到錢塘看望蘇軾，其間相隔正好十載。

憑—憑仗，煩請。

離觴—離杯，即離別的酒宴。

傳舍—驛站所設供行人休息的房舍。

南鄉子 送述古

（熙寧七年）

回首亂山橫，不見居人只見城。
誰似臨平山上塔，
亭亭，迎客西來送客行。
歸路晚風清，一枕初寒夢不成。
今夜殘燈斜照處，
熒熒，秋雨晴時淚不晴。

述古—陳襄的字。熙寧七年，述古離杭，蘇軾又追至臨平，於舟中送別，並作此詞。

臨平—山名，在浙江餘杭境內，四周平曠。

亭亭—高聳的樣子。

熒熒—微光閃爍的樣子。熒音瑩。

淚不晴—將淚比為雨，故曰不晴。

採桑子

（熙寧七年仲冬）

多情多感仍多病，多景樓中。
樽酒相逢。樂事回頭一笑空。
停杯且聽琵琶語，細撚輕攏。
醉臉春融。斜照江天一抹紅。

多景樓—今鎮江市北固山後峰、下臨長江，三面環水，登樓四望，美景盡收眼底，曾被米芾贊為天下江山第一樓。

樽酒相逢—指與孫巨源、王正仲等集會於多景樓之事。

琵琶語—指琵琶彈奏的樂曲。

撚—指左手手指按弦柱上左右搓轉的手法。

攏—指左手手指按弦向裡推的手法。

蝶戀花　密州上元

（熙寧八年正月作，上片寫錢塘燈會，下片寫密州冷清）

燈火錢塘三五夜，
明月如霜，照見人如畫。
帳底吹笙香吐麝，更無一點塵隨馬。
寂寞山城人老也。
擊鼓吹簫，卻入農桑社。
火冷燈稀霜露下，昏昏雪意雲垂野。

上元－正月十五日元宵節，也叫上元節，因有觀燈之風俗，亦稱「燈節」。

錢塘－此處代指杭州城。

三五夜－每月十五日夜，此處指元宵節。

「帳底」二句－富貴人家元宵節時在堂前懸掛幃帳，吹出一陣陣麝香氣。江南氣清土潤，更無行馬無塵。

山城－此處指密州。

「擊鼓」二句－密州只有在農家社稷時才有鼓簫樂曲。社，社祭，祭土地神。

「火冷」二句－形容密州的元宵節十分清冷，不僅沒有笙簫，連燈火也沒有，只有雲垂曠野，雪意濃濃。

江城子 密州出獵

（熙寧八年冬，祭常山回，與同官習射放鷹作）

老夫聊發少年狂。左牽黃，右擎蒼。
錦帽貂裘，千騎卷平崗。
為報傾城隨太守，親射虎，看孫郎。

酒酣胸膽尚開張。鬢微霜，又何妨。
持節雲中，何日遣馮唐。
會挽雕弓如滿月，西北望，射天狼。

老夫—蘇軾自指。

聊—暫且。

左牽黃、右擎蒼—左手牽著黃狗，右手擎著蒼鷹。

千騎—形容隨從之多。

卷平崗—從平坦的山崗席捲而過。

傾城—全城的人。

太守—蘇軾自指，時任密州知州。

孫郎—指孫權，年輕時曾騎馬射虎，此喻太守。

「酒酣」句—盡興暢飲，胸懷開闊而膽氣橫生。尚，更。

「持節」二句—典出《史記・馮唐列傳》。漢文帝時，衛尚為雲中太守，因迎擊匈奴所報軍功與實際數字不合被削職。經馮唐代為辯白，文帝便派馮唐帶著符節去赦免魏尚的罪。蘇軾此時調任密州太守，故以魏尚自居，希望能得到朝廷信任。節，兵符，古代使節用以取信的憑證。

會—定將。

雕弓—弓背上有雕花的弓。

天狼—星宿名，舊説主侵略。此喻侵犯北宋邊境的遼國與西夏。

江城子 乙卯正月二十日夜記夢

（熙寧八年作於密州）

十年生死兩茫茫，不思量，自難忘。
千里孤墳，無處話淒涼。
縱使相逢應不識，塵滿面，鬢如霜。

夜來幽夢忽還鄉，小軒窗，正梳妝。
相顧無言，惟有淚千行。
料得年年腸斷處，明月夜，短松崗。

乙卯——即北宋熙寧八年。

十年——指結髮妻子王弗去世已十年。

千里孤墳——王弗葬於四川眉山，蘇軾時任山東密州，相隔遙遠。

小軒窗——指小室的窗前。

松崗——蘇軾葬妻之地。

後杞菊賦 並序

（熙寧八年作，後被誣為譏諷朝廷減削公使錢太甚，成為烏臺詩案罪證之一）

天隨生自言常食杞菊。及夏五月，枝葉老硬，氣味苦澀，猶食不已。因作賦以自廣。始余嘗疑之，以為士不遇，窮約可也。至於飢餓嚼齧草木，則過矣。而余仕宦十有九年，家日益貧。衣食之奉，殆不如昔者。及移守膠西，意且一飽。而齋廚索然，不堪其憂。日與

天隨生—唐陸龜蒙，字魯望。姑蘇（今蘇州）人。自號天隨子。

自廣—自寬。

膠西—即密州。

通守劉廷式，循古城廢圃，求杞菊食之，捫腹而笑。然後知天隨生之言，可信不謬。作〈後杞菊賦〉以自嘲，且解之云。

「吁嗟先生，誰使汝坐堂上稱太守？前賓客之造請，後掾屬之趨走。朝衙達午，夕坐過酉。曾杯酒之不設，攬草木以誑口。對案顰蹙，舉箸噎嘔。

昔陰將軍設麥飯與蔥葉，井丹推

通守劉廷式—齊州人。未及第時，議娶其鄉農家女。廷式及第，而其女以疾兩目皆盲。女家不敢復言，或勸納其幼女。廷式笑卻之，竟娶盲女。通守，即通判。

捫腹而笑—吃飽了摸摸肚子，滿足地笑了。

朝衙達午，夕坐過酉—形容公事很忙，從早到午，直到傍晚酉時。

攬草木以誑口—拿杞菊等野草來騙騙自己。

噎嘔—喉塞作嘔。

「昔陰將軍」二句—後漢高士名叫井丹，陰大將軍拿麥飯和蔥葉

去而不鼼。怪先生之眷眷，豈故山之無有？」先生听然而笑曰：「人生一世，如屈伸肘。何者為貧？何者為富？何者為美？何者為陋？或糠覈而瓠肥，或粱肉而墨瘦。何侯方丈，庾郎三九。較豐約於夢寐，卒同歸於一朽。吾方以杞為糧，以菊為糗。春食苗，夏食葉，秋食花實而冬食根，庶幾乎西河、南陽之壽。」

款待他，他連嗅都不嗅就推開了。

听然—笑的樣子。听音引。

糠覈而瓠肥—有人吃糠也照樣長得肥白如瓠瓜。

粱肉而墨瘦—有人吃精美餐食，照樣黑瘦。米食之精者為粱。

何侯方丈—晉何曾性奢豪，日食萬錢，猶曰無下箸處。

庾郎三九—庾杲之家貧，食唯有各種雜菜。有人戲諧他吃得很豐盛，有三九二十七種也。

「**較豐約**」二句—何妨在夢中和這幾位比比胖瘦，反正最後我們都要同歸塵土。

糗—炒熟的米。

西河、南陽之壽—西河，指卜商

（字子夏），年百歲。《抱朴子》云，南陽酈縣有甘谷，谷中皆菊花，人們喝了攙有落花的水，有活到一百四、五十歲的。

超然臺記

（熙寧八年）

凡物皆有可觀。苟有可觀，皆有可樂，非必怪奇偉麗者也。餔糟啜醨，皆可以醉；果蔬草木，皆可以飽。推此類也，吾安往而不樂？夫所為求福而辭禍者，以福可喜而禍可悲也。人之所欲無窮，而物之可以足吾欲者有盡，美惡之辨戰乎中，而去取之擇交乎前，則可樂者常少，而可悲者常多。是謂求禍而辭

餔糟啜醨——餔音逋，食。糟，酒渣。啜，飲。醨音離，淡酒。

福。夫求禍而辭福，豈人之情也哉。物有以蓋之矣。

彼遊於物之內，而不遊於物之外。物非有大小也，自其內而觀之，未有不高且大者也。彼挾其高大以臨我，則我常眩亂反覆，如隙中之觀鬪，又焉知勝負之所在。是以美惡橫生，而憂樂出焉，可不大哀乎！

余自錢塘移守膠西，釋舟楫之安，而服車馬之勞；去雕牆之美，而蔽采椽

遊於物之內—人活動的範圍限於物質世界之內。

隙中之觀鬪—從間隙中觀看打，所見必非全局。

錢塘—杭州。

膠西—即今山東膠縣高密一帶。

采椽—采，柞木。以采為屋椽，形容極為簡陋。

之居；背湖山之觀，而行桑麻之野。始至之日，歲比不登，盜賊滿野，獄訟充斥；而齋廚索然，日食杞菊。人固疑余之不樂也。處之期年，而貌加豐，髮之白者，日以反黑。余既樂其風俗之淳，而其吏民亦安予之拙也。於是治其園圃，潔其庭宇，伐安丘、高密之木，以修補破敗，為苟完之計。而園之北，因城以為臺者舊矣，稍葺而新之。時相與登覽，放意肆志焉。

歲比不登—指連年歉收。比，連接之意。不登即收成不好。

齋廚索然—指廚房中什麼也沒有。索然，盡也。

杞菊—枸杞和菊花。

安丘、高密—二縣名。

葺—修整。

南望馬耳、常山，出沒隱見，若近若遠，庶幾有隱君子乎！而其東則盧山，秦人盧敖之所從遁也。西望穆陵，隱然如城郭，師尚父、齊桓公之遺烈，猶有存者。北俯濰水，慨然太息。思淮陰之功，而弔其不終。臺高而安，深而明，夏涼而冬溫。雨雪之朝，風月之夕，余未嘗不在，客未嘗不從。擷園蔬，取池魚，釀秫酒，瀹脫粟而食之，曰：「樂哉游乎！」方是時，余弟子由適在

馬耳、常山—膠東二山，秦漢間的高士常隱居於此。

盧敖—秦時博士，秦始皇命入海求不死之藥，無所得，遂避難於盧山。穆陵，關名。

師尚父—即呂尚，周武王尊之為師尚父，俗稱姜太公，後封於齊，是齊國始祖。

齊桓公—名小白，春秋五霸之一。

「思淮陰」二句—想起淮陰侯韓信當年功績，為他不得善終而惋惜。

秫酒—高粱酒。

瀹—煮。音越。

脫粟—只去皮殼，不加精緻的米，即糙米。

濟南，聞而賦之，且名其臺曰「超然」，以見余之無所往而不樂者，蓋遊於物之外也。

子由適在濟南——蘇軾的弟弟子由在濟南作官。

望江南

超然臺作

（熙寧九年，寫超然臺春景）

春未老，風細柳斜斜。
試上超然臺上看，半壕春水一城花。
煙雨暗千家。
寒食後，酒醒卻咨嗟。
休對故人思故國，且將新火試新茶。
詩酒趁年華。

超然臺—在密州城北。
壕—護城河。
寒食—古時於冬至後一百零五日，即清明前兩日，禁火三日，謂之寒食節。
咨嗟—嗟嘆聲。
故國—指故鄉，亦可理解為故都。
新火—寒食禁火，節後再舉火稱新火。
新茶—指寒食前採製的火前茶。

留別釋迦院牡丹呈趙倅

（熙寧九年，離密州時作）

春風小院初來時，壁間惟見使君詩。
應問使君何處去？憑花說與春風知。
年年歲歲何窮已，花似今年人老矣。
去年崔護若重來，前度劉郎在千里。

「去年」句—唐崔護於清明日獨遊都城南，遇一女子求飲。來歲清明日逕往尋之，門牆如故，卻重門深鎖。因題詩「去年今日此門中，人面桃花相映紅。人面不知何處去，桃花依舊笑春風。」此處以崔護喻趙倅。趙倅，名成伯。倅，副職，此處即通判。

「前度」句—用劉禹錫三遊玄都觀賞桃花事，此處以劉禹錫自比。

水調歌頭

丙辰中秋，歡飲達旦，大醉，作此篇兼懷子由

（熙寧九年）

明月幾時有？把酒問青天。
不知天上宮闕，今夕是何年。
我欲乘風歸去，
唯恐瓊樓玉宇，高處不勝寒。
起舞弄清影，何似在人間！
轉朱閣，低綺戶，照無眠。

丙辰—指西元一〇七六年，宋神宗熙寧九年。
達旦—到清晨。

把酒—端起酒杯。

天上宮闕—指月中宮殿。闕，古代城牆後的石台。

瓊樓玉宇—美玉砌成的樓宇，指想像中的仙宮。
弄清影—月光下的身影也跟著做出各種舞姿。
何似—哪裡比得上。

「轉朱閣」三句—月兒轉過朱紅色的樓閣，低低地掛在雕花的窗

不應有恨，何事長向別時圓！
人有悲歡離合，月有陰晴圓缺，
此事古難全。
但願人長久，千里共嬋娟。

戶上，照著沒有睡意的人（指詩人自己）。

「不應」二句—指月兒不該對人們有什麼怨恨吧，為什麼偏在人們分離時圓呢？

嬋娟—指月亮。

陽關曲

（熙寧十年八月十五日作於徐州）

暮雲收盡溢清寒，銀漢無聲轉玉盤。
此生此夜不長好，明月明年何處看？

銀漢—即銀河。
玉盤—指月亮。

李思訓畫長江絕島圖

（元豐元年）

山蒼蒼，水茫茫，大孤小孤江中央。
崖崩路絕猿鳥去，惟有喬木攙天長。
客舟何處來，棹歌中流聲抑揚。
沙平風軟望不到，孤山久與船低昂。
峨峨兩煙鬟，曉鏡開新妝。
舟中賈客莫漫狂，小姑前年嫁彭郎。

李思訓—唐代著名畫家，是山水畫北宗創始人。

大孤小孤—指大孤山、小孤山，兩山屹立江中，遙遙相對。

攙—刺，直刺。

低昂—高低起伏不定。

「**峨峨**」句—以女子的髮髻比擬大小孤山水霧繚繞的峰巒。

曉鏡—以婦女的梳妝鏡比喻江面、湖面。

「**舟中**」二句—形容江山秀美，人們不能自禁其愛，但切莫輕狂，因為美麗的小姑早已嫁給彭郎了。賈客，商人。小姑指小孤山。彭郎即彭浪磯，在小孤山對面。

洞仙歌

江南臘盡，早梅花開後。
分付新春與垂柳，
細腰肢、自有入格風流。
仍更是、骨體清英雅秀。

永豐坊那畔，盡日無人，
誰見金絲弄晴晝？
斷腸是飛絮時，綠葉成陰，

臘——古代在農曆十二月合祭眾神叫作臘，因此農曆十二月叫臘月。

分付——交付之意。

格——格調。

骨體——骨架軀體。

永豐坊——地名。在洛陽。

盡日——一整天。

金絲——比喻柳樹的垂條。

飛絮——柳樹、蘆葦等的種子像棉絮一般飄飛。

無箇事、一成消瘦。
又莫是東風逐君來，
便吹散眉間，一點春皺。

一成——宋時口語，指一段時間的推移。

河滿子

湖州作。寄益守馮當世

見說岷峨淒愴，旋聞江漢澄清。
但覺秋來歸夢好，西南自有長城。
東府三人最少，西山八國初平。

莫負花溪縱賞，何妨藥市微行。
試問當壚人在否，空教是處聞名。
唱著子淵新曲，應須分外含情。

馮當世—名京，鄂州江夏人，和蘇軾都是反對新法的。馮京曾知成都府。

「見說」二句—指馮京迅速安定茂州局勢事。見說、旋聞，表明問題解決得很快。岷峨為四川的岷山和峨眉山，是蘇軾故鄉的名山，廣義又借指蜀中。

長城—本義是古代北方為防備匈奴所築的城牆，引申指國家所倚賴的能臣良將。

「東府」句—北宋時中書門下掌政務，稱東府；東府長官為同中書門下平章事（即宰相）和參知政事（即副宰相）。詞中言「三人」，似指熙寧三年王安石為相，馮京、王珪為參政時。馮京任參知政事時，在宰執中年紀最輕。

「西山」句—韋皋於唐德宗貞元九年任劍南西川節度使，出兵西山破吐蕃軍，招撫西山羌族八個部落。馮京也鎮守西川，故以韋皋事以指馮京。

花溪—即浣花溪，在成都西郊。

藥市—在成都城南玉局觀。

「試問」二句—引「文君當壚」這則文人才女的風流故事。意指這樣的風流人物不在了，只有佳話流傳。

「唱著」二句—漢宣帝時，蜀人王褒字子淵，為益州刺史王襄作頌詩，歌曲傳入朝廷。此處借王褒吟詩作歌稱美王襄事，轉到歌頌馮京的意思上。

蝶戀花　暮春別李公擇

簌簌無風花自墜，寂寞園林，柳老櫻桃過。落日有情還照坐，山青一點橫雲破。

路盡河回人轉舵，繫纜漁村，月暗孤燈火。憑仗飛魂招楚些，我思君處君思我。

李公擇—是蘇東坡老友，兩人都因反對新法遭貶，交情更篤。

簌簌—擬聲，指花落。

櫻桃過—指櫻桃花期已過。

照坐—照在對坐話別的兩個人身上。

「憑仗」句—意即像〈招魂〉召喚屈原那樣召喚離去的李公擇。古時招魂既用於亡人，也用於遭貶或在客中的生人。

百步洪二首（選一）

（元豐元年，作此七言長篇贈禪僧參寥）

長洪斗落生跳波，輕舟南下如投梭。
水師絕叫鳧鴈起，亂石一線爭磋磨。
有如兔走鷹隼落，駿馬下注千丈坡。
斷弦離柱箭脫手，飛電過隙珠翻荷。
四山眩轉風掠耳，但見流沫生千渦。
嶮中得樂雖一快，何異水伯誇秋河。
我生乘化日夜逝，坐覺一念逾新羅。
紛紛爭奪醉夢裡，豈信荊棘埋銅駝。

百步洪—又叫徐州洪，在今徐州市東南，為泗水所經，有激流險灘，凡百餘步，所以叫百步洪。

投梭—形容舟行之快，如織布之梭，一閃而過。

水師—船工。

絕叫—狂叫。

鳧鴈—野鴨子。

隼—一種猛禽。隼音準。

「駿馬」句—以駿馬注坡為比，形容水流之快。

「四山」二句—意即坐在船上，只聽到耳邊風聲不絕，四面群山一晃而過，令人眼花繚亂。向下看，只見到飛沫四濺，生出無數的漩渦。

水伯誇秋河—秋水時至，百川灌河。涇流之大，兩涘渚崖之間，不辨牛馬。於是河伯欣然自喜，

覺來俯仰失千劫，回視此水殊委蛇。
君看岸邊蒼石上，古來篙眼如蜂窠。
但應此心無所住，造物雖駛如吾何。
回船上馬各歸去，多言譊譊師所呵。

以天下之美為盡在於己。水伯，即河伯，黃河之神。

乘化—順應自然。

一念逾新羅—新羅國在海外，禪師一念即逾。亦〈逍遙遊〉所謂的無所待而遊於無窮的觀念。

荊棘埋銅駝—洛陽宮門前的銅駝埋在荊棘堆裡，表示天下治亂無常。

劫—劫波。千劫是指時間之長。

委蛇—從容的樣子。

「君看」二句—自古以來，無數船隻從這裡經過，撐船的篙插在岸邊岩石上，形成了密密麻麻的孔洞，如蜂窩一樣。

無所住—出自《金剛經》：「應無所住而生其心」。

譊譊—爭辯聲。譊音撓。

九日黃樓作

（元豐元年）

去年重陽不可說，南城夜半千漚發。
水穿城下作雷鳴，泥滿城頭飛雨滑。
黃花白酒無人問，日暮歸來洗靴襪。
豈知還復有今年，把盞對花容一呷。
莫嫌酒薄紅粉陋，終勝泥中千柄鍤。
黃樓新成壁未乾，清河已落霜初殺。
朝來白霧如細雨，南山不見千尋刹。
樓前便作海茫茫，樓下空聞櫓鴉軋。

「去年」句—去年重陽，恰逢水災，無心過節。熙寧十年七月，蘇軾到徐州任不及三月，黃州大堤決口，水淹徐州城下，十月始退。

漚—積水。千漚，極言其水勢之大。音鷗。

黃花白酒—代表過重陽節。

紅粉—疑指在座侑酒的歌妓。

霜初殺—霜初降。

薄寒中人老可畏，熱酒澆腸氣先壓。
煙消日出見漁村，遠水鱗鱗山齾齾。
詩人猛士雜龍虎，楚舞吳歌亂鵝鴨。
一杯相屬君勿辭，此境何殊泛清霅。

齾齾—齒缺不齊，這裡形容山峰參差。音訝。

霅—水名，即流入太湖的霅溪。音閘。

浣溪沙

徐門石潭謝雨，道上作五首。潭在城東二十里，常與泗水增減清濁相應

（元豐元年）

其一

照日深紅暖見魚，連溪綠暗晚藏烏。
黃童白叟聚睢盱。
麋鹿逢人雖未慣，猿猱聞鼓不須呼。
歸家說與采桑姑。

徐門—徐州。

其二

旋抹紅妝看使君，三三五五棘籬門。
相挨踏破蒨羅裙。
老幼扶攜收麥社，烏鳶翔舞賽神村。
道逢醉叟臥黃昏。

其三

麻葉層層檾葉光，誰家煮繭一村香？
隔籬嬌語絡絲娘。
垂白杖藜抬醉眼，捋青搗麨軟飢腸。

旋—臨時急就。
使君—漢時對州郡長官的稱呼，此蘇軾自指。
棘—籬門。
蒨羅裙—紅綢裙。
收麥社—收麥時節祭祀土地神。
鳶—老鷹。賽神會有祭品，故烏類圍繞翔飛，伺機覓食。
絡絲娘—蟲名，俗稱呼紡織娘。此借指繅絲婦女。
垂白—指鬢髮將白的老人。
杖藜—以藜為手杖。

問言豆葉幾時黃？

其四

簌簌衣巾落棗花，村南村北響繅車。
牛衣古柳賣黃瓜。
酒困路長惟欲睡，日高人渴謾思茶。
敲門試問野人家。

其五

軟草平莎過雨新，輕沙走馬路無塵。

捋青擣麨—摘下新嫩麥子炒熟後碾成粉片狀。麨音炒。
軟—猶飽。
繅車—繅絲車。繅音騷。
牛衣—編草披牛體使取暖。
莎—草本植物，即香附子。

何時收拾耦耕身？
日暖桑麻光似潑，風來蒿艾氣如薰。
使君元是此中人。

耦耕—並耕。《論語．微子》：「長沮、桀溺耦而耕。」
蒿艾—多年生草本。
薰—香草。
使君—漢代對州郡長官的稱呼，此作者自指。

永遇樂

彭城夜宿燕子樓，夢盼盼，因作此詞

（元豐元年）

明月如霜，好風如水，清景無限。
曲港跳魚，圓荷瀉露，寂寞無人見。
紞如三鼓，鏗然一葉，
黯黯夢雲驚斷。
夜茫茫，重尋無處，覺來小園行遍。
天涯倦客，山中歸路，

彭城－今江蘇徐州。

燕子樓－唐代徐州刺史張建封（一說是其子張愔），為愛妾關盼盼所建之樓，張死後，關盼盼念舊不嫁，獨居此樓十餘年。

紞如三鼓－三更鼓響。古代將一夜分成五更，每更擊鼓報時，三更已是深夜。紞，擊鼓聲。

鏗然－金石清越的聲響，此處形容落葉的聲音。

夢雲－夜夢神女朝雲，此指夢見盼盼。

驚斷－驚醒。

覺來－醒來。

望斷故園心眼。
燕子樓空，佳人何在？空鎖樓中燕。
古今如夢，何曾夢覺，
但有舊歡新怨。
異時對，黃樓夜景，為余浩歎。

故園—故鄉。

黃樓—蘇軾曾率民眾抵禦黃河決堤洪水，於城東門修築黃樓鎮壓水患，是徐州五大名樓之一。

江城子 別徐州

（元豐二年三月作，時蘇軾將移知湖州）

天涯流落思無窮，既相逢、卻匆匆。
攜手佳人，和淚折殘紅。
為問東風餘幾許？春縱在、與誰同！

隋堤三月水溶溶，背歸鴻、去吳中。
回首彭城，清泗與淮通。
欲寄相思千點淚，流不到、楚江東。

別徐州—元豐二年三月，蘇軾由徐州調往湖州，這首詞就是他在赴湖州途中寫的。

佳人—賢能之人，此處指友人。

隋堤—隋煬帝時開通的通濟渠，引汴水入黃河與淮河相通，沿渠築堤，人稱隋堤。

溶溶—水流動的樣子。

背歸鴻—作者南下吳地，此時正是春天，大雁飛回北方，因此詞人自己與雁行相反。

吳中—湖州在三國時屬吳。

清泗—泗水，源出山東，南下流經徐州，注入淮河。

淮—今江蘇秦淮河。

楚江東—指徐州，湖州所在地。長江流經楚地，故稱楚江；湖州在江東（即江南），詞人將移知此處，故云。

西江月 平山堂

（元豐二年作）

三過平山堂下，半生彈指聲中。
十年不見老仙翁，壁上龍蛇飛動。
欲吊文章太守，仍歌楊柳春風。
休言萬事轉頭空，未轉頭時皆夢。

平山堂—今江蘇揚州市北郊。歐陽修任揚州知州時所建。

三過—蘇軾於熙寧四年由汴京赴杭州任通判，七年由杭州移知密州，元豐二年由徐州知湖州，三次經過揚州。

彈指—比喻時間短暫。

「十年」句—蘇軾於熙寧四年曾見歐陽修於潁州，至此時為九年，詞云「十年」乃舉成數。老仙翁指歐陽修。

「壁上」句—指歐陽修在平山堂牆上留下的墨跡。

文章太守、楊柳春風—語本歐陽修〈朝中措〉。

第四章

（西元一〇八〇—一〇八四）

逃過了人生中的大劫難——烏臺詩案，蘇軾保住了性命，卻被貶謫到黃州。元豐三年（西元一〇八〇年）二月一日到達黃州，官銜是「檢校尚書水部員外郎、充黃州團練副使、本州安置」。水部員外郎是水部的副長官，檢校表示這只是個榮譽稱號；團練副使類似民間自衛隊副隊長，本州安置、不得簽書公事，所以是個空頭官銜。無錢無權的貶居生活，對時年已四十五歲的蘇軾來說，該是多麼大的打擊和壓力。

初到黃州時，他寄居定惠院僧舍，至五月份蘇轍將其家眷送來，便遷居至臨皋亭。第二年，窮書生馬正卿替他向官府請得一塊約五十畝的荒地，他便親自耕種，稍濟困窘。這塊地在州城舊營地的東面，因而取名「東坡」，他也因此自號「東坡居士」。後來又在東坡造了幾間屋，稱為「雪堂」。

在耕種自濟、養生自保的同時，蘇軾也著書以自見。有別於王安石的「三經新義」，蘇軾注釋《周易》、《尚書》、《論語》，蘇轍則負責注釋《詩經》、《春秋》、《孟子》。在黃州謫居著書的蘇軾，其學說被稱為「蘇氏蜀學」。除此之外，蘇軾的散文、詩歌、詞作，在黃州時期也有了深刻的變化；最著名的作品，當推〈前赤壁賦〉、〈後赤壁賦〉與〈念奴嬌・赤壁懷古〉詞，這「黃州赤壁」和三國時周瑜、曹操的戰場並非一地，故被稱為「東坡赤壁」。

元豐七年（一〇八四年）正月，宋神宗出了個手札，給蘇軾換了個地方——汝州團練副使，本州安置；汝州在北宋屬京西北路，可見皇帝對蘇軾已經諒解。元豐七年四月，蘇軾離黃北上，離政治中心終於又近了一點。

初到黃州

（元豐三年二月抵黃州貶所）

自笑平生為口忙，老來事業轉荒唐。
長江繞郭知魚美，好竹連山覺筍香。
逐客不妨員外置，詩人例作水曹郎。
只慚無補絲毫事，尚費官家壓酒囊。

為口忙—既指因言事和寫詩而獲罪，又指為謀生糊口，並呼應下文的「魚美」和「筍香」等口腹之美。

郭—外城。

逐客—貶謫之人，作者自謂。

員外—定額以外的官員，蘇軾被貶黃州的官銜是檢校尚書水部員外郎。

置—安置。

「詩人」句—這句是說詩人總是要做做水部的郎官的。梁代何遜、唐代張籍、宋代孟賓於等詩人均曾任過水部郎官職。水曹郎，隸屬水部的郎官。

壓酒囊—壓酒濾糟的布袋。作者

自注：「檢校官例折支，多得退酒袋。」宋代官俸一部分用實物來抵數，叫折支。蘇軾所任的檢校官，在正員以外，僅表示其銜位相當於水部員外郎，並無職權，其折支多以官府中釀酒用剩的酒袋來抵數。

南鄉子　集句

悵望送春杯，漸老逢春能幾回？
花滿楚城愁遠別，傷懷，
何況清絲急管催。

吟斷望鄉台，萬里歸心獨上來。
景物登臨閒始見，徘徊，
一寸相思一寸灰。

集句—選取前人成句合為一篇叫集句，始見於西晉傅咸《七經詩》。

悵望送春懷—取唐人杜牧〈惜春〉：「春半年已除，其餘強為有。即此醉殘花，便同嘗臘酒。悵望送春杯，殷勤掃花帚。誰為駐東流，年年長在手？」渲染對酒傷春的情懷。

漸老逢春能幾回—取杜甫〈漫興九首〉第四首：「二月已破三月來，漸老逢春能幾回。莫思身外無窮事，且盡生前有限杯。」為杜甫流落成都時所作之絕句。

花滿楚城愁遠別，傷懷—稍稍改動了許渾〈竹林寺別友人〉：「騷人吟罷起鄉愁，暗覺年華似水流。花滿謝城傷共別，蟬鳴蕭寺喜同游。前山月落杉松晚，深夜風清枕簟秋。明日分襟又何處，江南江北路悠悠。」

何況清絲急管催—此句選自劉禹錫的〈洛中送韓七中丞之吳興〉五首之三：「今朝無意訴離杯，何況清弦急管催。本欲醉中輕遠別，不知翻引酒悲來。」

吟斷望鄉台—取自李商隱〈晉昌晚歸馬上贈〉一詩：「西北朝天路，登臨思上才。城閒煙草遍，村暗雨雲回。人豈無端別，猿應有意哀。征南予更遠，吟斷望鄉台。」

萬里歸心獨上來—取自許渾〈冬日登越王台懷舊〉詩：「月沉高岫宿雲開，萬里歸心獨上來。河畔雪飛揚子宅，海邊花盛越王台。瀧分桂嶺魚難過，瘴近衡峰雁卻回。鄉信漸稀人漸老，只應頻看一枝梅。」

景物登臨閒始見，徘徊—取自杜牧〈八月十二日得替後移居霅溪館，因題長句四韻〉尾聯：「萬家相慶喜秋成，處處樓台歌板聲。千歲鶴歸猶有恨，一年人住豈無情。夜涼溪館留僧話，風定蘇潭看月生。景物登臨閒始見，願為閒客此閒行。」

一寸相思一寸灰—取自李商隱的〈無題〉二首之二：「颯颯東風細雨來，芙蓉塘外有輕雷。金蟾嚙鎖燒香入，玉虎牽絲汲井回。賈氏窺簾韓掾少，宓妃留枕魏王才。春心莫共花爭發，一寸相思一寸灰。」

定惠院寓居月夜偶出

（元豐三年）

幽人無事不出門，偶逐東風轉良夜。
參差玉宇飛木末，繚繞香煙來月下。
江雲有態清自媚，竹露無聲浩如瀉。
已驚弱柳萬絲垂，尚有殘梅一枝亞。
清詩獨吟還自和，白酒已盡誰能借。
不惜青春忽忽過，但恐歡意年年謝。
自知醉耳愛松風，會揀霜林結茅舍。
浮浮大甑長炊玉，溜溜小槽如壓蔗。

定惠院—在黃岡縣東南，蘇軾到黃州後初居於此。

幽人—指幽居之士。

良夜—深夜。

亞—通「壓」，低垂貌。

「**浮浮**」二句—上句言米飯，下句言酒。甑音贈，古代蒸煮食物

飲中真味老更濃，醉裡狂言醒可怕。
閉門謝客對妻子，倒冠落佩從嘲罵。

的瓦器，底部有許多小孔，有如現代的蒸籠。

倒冠落佩—冠，帽子。佩，佩玉。這裡指脫下官服。

寓居定惠院之東，雜花滿山，有海棠一株，土人不知貴也

（元豐三年）

江城地瘴蕃草木，只有名花苦幽獨，
嫣然一笑竹籬間，桃李漫山總粗俗。
也知造物有深意，故遣佳人在空谷。
自然富貴出天姿，不待金盤薦華屋。
朱唇得酒暈生臉，翠袖卷紗紅映肉。
林深霧暗曉光遲，日暖風輕春睡足。
雨中有淚亦悽愴，月下無人更清淑。

土人—指當地人。

江城—指黃州。
地瘴—山林中濕熱的地氣。

天姿—天然姿態，形容姿態自然。

先生食飽無一事，散步逍遙自捫腹，
不問人家與僧舍，拄杖敲門看修竹。
忽逢絕豔照衰朽，嘆息無言揩病目。
陋邦何處得此花，無乃好事移西蜀。
寸根千里不易到，銜子飛來定鴻鵠。
天涯流落俱可念，為飲一樽歌此曲。
明朝酒醒還獨來，雪落紛紛那忍觸。

先生—作者自謂。

「忽逢」句—絕豔，指花；衰朽，自指。

西蜀—西蜀盛產海棠，有「香海棠國」之稱。

鴻鵠—天鵝。世傳海棠喜糞壤，蜀中錦江之所以盛產海棠，即因鳥雀啄食海棠子，隨糞拋撒江邊。

卜算子　黃州定慧院寓居作

（元豐三年二至五月，初至黃州時作）

缺月挂疏桐，漏斷人初靜。
誰見幽人獨往來？縹緲孤鴻影。
驚起卻回頭，有恨無人省。
揀盡寒枝不肯棲，寂寞沙洲冷。

漏—計時器，靠滴水計時。漏斷表示水已滴盡，夜已深了。
「誰見」二句—自問自答，寫只有孤鴻看見作者在月下徘徊。幽人，閒居之人。
省—了解。音醒。
「揀盡」二句—傳說鴻雁從不在樹枝上留宿，只宿於沙灘的蘆葦叢中。

南歌子

雨暗初疑夜，風回便報晴。
淡雲斜照著山明，
細草軟沙溪路馬蹄輕。

卯酒醒還困，仙村夢不成。
藍橋何處覓雲英？
只有多情流水伴人行。

雨暗－形容陰雨時天色昏暗。

著－附著。

細草－尚未長成的草。

軟沙－細沙。

卯酒－早晨喝的酒。卯，卯時，相當於早晨五點至七點。

「藍橋」句－唐末裴鉶傳奇《裴航》云：相傳藍橋有仙窟，為唐裴航遇仙女雲英處。此處意謂自己沒有像裴航那樣的好運。

正月二十日往岐亭，郡人潘、古、郭三人送余於女王城東禪莊院

（元豐四年春）

十日春寒不出門，不知江柳已搖村。
稍聞決決流冰谷，盡放青青沒燒痕。
數畝荒園留我住，半瓶濁酒待君溫。
去年今日關山路，細雨梅花正斷魂。

岐亭—今湖北麻城西北，蘇軾的好友陳慥（季常）隱居於此。

潘、古、郭—是蘇軾到黃州後新結識的友人，潘指潘丙，字彥明。古指古耕道，通音律。郭指郭遘，善寫輓歌。

女王城—在黃州城東十五里。

搖—描繪春風蕩漾、江柳輕拂的神態。

決決—流水聲。

冰谷—尚有薄冰的溪谷，說明是早春，溪流甚細，故冠以「稍聞」二字。

青青—新生野草的顏色。

沒—淹沒、覆蓋。

燒痕—舊草為野火所燒，唯餘痕跡。

數畝荒園—即指女王城東禪莊院。

留我住、待君溫—寫出了三人對蘇軾的深厚情誼。

「去年」句—此地是蘇軾一年前赴黃州所經之地，此時友人的情誼，使他回想起一年以前的孤獨和淒涼。

南鄉子

世事一場大夢，人生幾度秋涼？
夜來風葉已鳴廊，看取眉頭鬢上。
酒賤常愁客少，月明多被雲妨。
中秋誰與共孤光，把盞淒然北望。

「世事」句—《莊子・齊物論》：「且有大覺，而后知其大夢也。」李白〈春日醉起言志〉：「處世若大夢，胡為勞其生。」

風葉已鳴廊—《淮南子・說山訓》：「見一葉落而知歲之將暮。」此由風葉鳴廊聯想到人生之短暫。鳴廊，在回廊上發出聲響。

眉頭鬢上—指眉頭的愁思和鬢邊的白髮。

賤—此指劣酒。

妨—遮蔽。

孤光—指獨在中天的月亮。

盞—酒杯。

南鄉子

晚景落瓊杯，照眼雲山翠作堆。
認得岷峨春雪浪，
初來、萬頃蒲萄漲淥醅。

春雨暗陽臺，亂灑歌樓濕粉腮。
一陣東風來捲地，
吹迴、落照江天一半開。

晚景—指夕陽之景。景，日光。
瓊杯—玉杯。
照眼—耀眼。
岷峨—四川境內岷山山脈北支，峨嵋山傍其南。而眉山距峨嵋甚近，故作者常以之代指家鄉。
淥醅—美酒。
蒲萄—即葡萄。此處與「淥醅」均比喻江水澄澈碧綠。
陽臺—地名，傳說在四川巫山。宋玉〈高唐賦〉：「妾在巫山之陽，高丘之阻，旦為朝雲，暮為行雨。朝朝暮暮，陽臺之下。」此指歌女所處之所。
粉腮—歌女的香腮。
吹迴—指風吹雨散。
落照—落日之光。

江城子

陶淵明以正月五日遊斜川，臨流班坐，顧瞻南阜，愛曾城之獨秀，乃作〈斜川詩〉，至今使人想見其處。元豐壬戌之春，余躬耕於東坡，築雪堂居之，南挹四望亭之後丘，西控北山之微泉，慨然而嘆，此亦斜川之遊也。乃作長短句，以〈江城子〉歌之。

夢中了了醉中醒，只淵明，是前生。
走遍人間，依舊卻躬耕。
昨夜東坡春雨足，烏鵲喜，報新晴。

陶淵明－一名陶潛，字元亮，東晉著名詩人。
斜川－古地名，在今江西都昌、星子之間的鄱陽湖畔。
班坐－依次列坐。
南阜－南山，指廬山。
曾城－山名，在江西星子縣西五里，一名烏石山。
東坡－蘇軾躬耕處。原為數十畝久荒之地，蘇軾在其處築茅屋五間，名曰雪堂。
挹－通「抑」，抑制。
長短句－詞曲的別稱。
了了－明白，清楚。
前生－先出生，此有前輩之意。
卻－還。
躬耕－親自耕種。
烏鵲－喜鵲。

雪堂西畔暗泉鳴，北山傾，小溪橫。
南望亭丘，孤秀聳曾城。
都是斜川當日景，吾老矣，寄餘齡。

傾—斜，此此指山的斜坡。
亭丘—即四望亭的後丘。
孤秀聳曾城—孤峙秀美如同聳立的曾城山。
餘齡—餘生。

正月二十日與潘、郭二生出郊尋春，忽記去年是日同至女王城作詩，乃和前韻

（元豐五年春）

東風未肯入東門，走馬還尋去歲春。
人似秋鴻來有信，事如春夢了無痕。
江城白酒三杯釅，野老蒼顏一笑溫。
已約年年為此會，故人不用賦招魂。

潘郭二生—蘇軾在黃州的朋友。

女王城—黃州州治東十五里的永安城，俗稱女王城。

作詩—指元豐四年作〈正月二十日往岐亭郡人潘古郭三人送余於女王城東禪莊院〉，元豐五年同一天，他們又來到此處，蘇軾作此詩。

「東風」句—形容春天未到。

釅—味道濃厚。音燕。

賦招魂—《楚辭》中有〈招魂〉篇，此指老友正在想辦法讓蘇軾調離黃州。蘇軾說他在黃州過得不錯，朋友們不必麻煩。

浣溪沙

遊蘄水清泉寺，寺臨蘭溪，溪水西流

（元豐五年三月）

山下蘭芽短浸溪，松間沙路淨無泥，
蕭蕭暮雨子規啼。
誰道人生無再少？門前流水尚能西，
休將白髮唱黃雞。

蘄水—縣名，今湖北浠水鎮。時與醫人龐安時（字安常）同遊。蘄音棋。

清泉寺—在蘄水門外二里左右。

蘭溪—水源出箬竹山，其側多蘭。

蘭芽—蘭草的嫩芽。

蕭蕭—雨聲。

子規—布穀鳥。

人生無再少—〈古詩〉：「花有重開日，人無再少年。」

「**休將**」句—白居易〈醉歌示伎人商玲瓏〉：「黃雞催曉丑時鳴，白日催年酉前沒。腰間紅綬繫未穩，鏡裡朱顏看已失。」這裡反用其意，謂不要自傷白髮，悲歎衰老。

西江月

頃在黃州，春夜行蘄水中，過酒家飲。酒醉，乘月至一溪橋上，解鞍曲肱，醉臥少休。及覺已曉。亂山攢擁，流水鏗然，疑非人世也。書此語橋柱上。

照野瀰瀰淺浪，橫空隱隱層霄。
障泥未解玉驄驕，我欲醉眠芳草。
可惜一溪風月，莫教踏碎瓊瑤。
解鞍攲枕綠楊橋，杜宇一聲春曉。

頃在黃州—宋神宗元豐五年，作者謫居黃州。
蘄水—水名，流經湖北蘄春縣境，在黃州附近。
解鞍曲肱—解下馬鞍，彎著胳臂當枕頭睡。
攢擁—叢聚在一起。
鏗然—金石聲，這裡用以形容水聲清脆。
瀰瀰—水波翻動的樣子。
層霄—瀰漫的雲氣。
障泥—馬韉，垂於馬兩旁以擋泥土。
玉驄—良馬。
驕—壯健的樣子。
可惜—可愛。
瓊瑤—美玉。這裡形容月亮在水中的倒影。

攲枕—側臥。

杜宇—杜鵑鳥。

定風波

三月七日，沙湖道中遇雨，雨具先去，同行皆狼狽，余獨不覺，已而遂晴，故作此。

（元豐五年）

莫聽穿林打葉聲，何妨吟嘯且徐行。
竹杖芒鞋輕勝馬，誰怕？
一蓑煙雨任平生。
料峭春風吹酒醒，微冷，
山頭斜照卻相迎。

沙湖—今湖北黃岡東南三十里。

雨具先去—攜帶雨具的人先走一步。

已而—過了一會兒。

吟嘯—吟詩吹哨，以示瀟灑。

芒鞋—草鞋。

輕勝馬—比騎馬還輕鬆。

「一蓑」句—指披著蓑衣在風雨中行走，乃平生經慣，任其自然。

料峭—指春風略帶寒意。

回首向來蕭瑟處，歸去，
也無風雨也無晴。

蕭瑟處──指遇雨之處。
「也無」句──從雨到晴，雨既不怕，晴亦不喜。

寒食雨二首

（元豐五年，是年東坡四十七歲）

自我來黃州，已過三寒食。
年年欲惜春，春去不容惜。
今年又苦雨，兩月秋蕭瑟。
臥聞海棠花，泥汙燕脂雪。
暗中偷負去，夜半真有力。
何殊病少年，病起須已白。

「自我」二句—作此詩時，東坡已到黃州三年。

燕脂—同胭脂，指海棠花的顏色。

「暗中」句—《莊子．大宗師》：「夫藏舟於壑，藏山於澤，謂之固矣。然而夜半有力者負之而走，昧者不知也。」是說大自然的一切都會消失，彷佛有人在暗中背負而去。此詩是說少年時光一去不返。

何殊—就好像。

須—同「鬚」。

春江欲入戶，雨勢來不已。
小屋如漁舟，濛濛水雲裡。
空庖煮寒菜，破竈燒溼葦。
哪知是寒食，但見烏銜紙。
君門深九重，墳墓在萬里。
也擬哭途窮，死灰吹不起。

「哪知」二句—見烏鴉銜取墳前燒剩之紙錢，才悟已是寒食節。

「君門」句—比喻相隔甚遠，此詩指生死永隔。

「死灰」句—指死灰不能復燃。

洞仙歌

僕七歲時，見眉州老尼，姓朱，忘其名，年九十歲，自言嘗隨其師入蜀主孟昶宮中。一日大熱，蜀主與花蕊夫人夜納涼摩訶池上，作一詞，朱具能記之。今四十年，朱已死久矣，人無知此詞者，但記其首兩句，暇日尋味，豈〈洞仙歌〉令乎？乃為足之云。

（元豐五年五月）

冰肌玉骨，自清涼無汗。水殿風來暗香滿。繡簾開，一點明月窺人，人未寢，攲枕釵橫鬢亂。

眉州—今四川眉山縣，東坡故鄉。
孟昶—五代後蜀國主，好學能文，精於詞曲。
花蕊夫人—孟昶貴妃。
摩訶池—在四川成都城內。
冰肌玉骨—肌骨如同冰玉一般。形容女子肌膚瑩潔光滑。
水殿—蜀主孟昶設計，引水從殿前屋簷垂下如水晶簾，以求涼爽。
攲—通「倚」，如斜攲，攲枕。

起來攜素手，庭戶無聲，時見疏星渡河漢。試問夜如何？夜已三更，金波淡、玉繩低轉。但屈指西風幾時來，又不道流年，暗中偷換。

金波—指月光。

玉繩—星名，即北斗七星中的天乙、太乙兩小星，此代指北斗。

流年—流逝之歲月。

念奴嬌　赤壁懷古

（元豐五年七月）

大江東去，浪淘盡、千古風流人物。故壘西邊，人道是、三國周郎赤壁。亂石崩雲，驚濤裂岸，捲起千堆雪。江山如畫，一時多少豪傑。

遙想公瑾當年，小喬初嫁了，雄姿英發。羽扇綸巾，談笑間、強虜灰飛煙滅。故國神遊，多情應笑我，早生華髮。人生如夢，一樽還酹江月。

赤壁—這裡指黃岡赤壁。

大江—長江。

淘—淘汰、沖掉。

故壘—古戰場的遺跡。

周郎—周瑜，字公瑾，為吳建威中郎將，時年二十四歲，吳中皆呼為「周郎」。

雪—比喻浪花。

小喬—喬玄的小女兒，周瑜之妻。

羽扇綸巾—古代儒將的裝束，形容周瑜從容嫻雅。綸音關。

故國—指赤壁古戰場。

酹—古人以酒澆在地上祭奠，這裡有邀月共飲的意思。酹音類。

南鄉子 重九涵輝樓呈徐君猷

（元豐五年重陽，為黃州知州徐君猷而作）

霜降水痕收，淺碧鱗鱗露遠洲。

酒力漸消風力軟，颼颼，

破帽多情卻戀頭。

佳節若為酬？但把清樽斷送秋。

萬事到頭都是夢，休休，

明日黃花蝶也愁。

「**霜降**」二句—江上水淺，是深秋霜降季節現象，水泛微波，似魚鱗狀；水位下降，露出江心沙洲。

「**破帽**」句—晉時孟嘉落帽於龍山，蘇軾對這一典故加以反用，說破帽對他的頭很有感情，不管風怎樣吹，抵死不肯離開。破帽在此指世事紛擾、官場勾心鬥角。說破帽「多情戀頭」，其實是用戲謔的手法表達無奈。

「**佳節**」二句—化用杜牧〈重九齊山登高〉詩「但將酩酊酬佳節，不用登臨怨落暉」句意。

萬事到頭都是夢—化用宋初潘閬「萬事到頭都是夢，休嗟百計不如人」句意。

明日黃花蝶也愁—反用唐鄭谷「節去蜂愁蝶不知，曉庭還繞折殘枝」句意。

赤壁賦

（元豐五年）

壬戌之秋，七月既望，蘇子與客泛舟，遊於赤壁之下。清風徐來，水波不興。舉酒屬客，誦明月之詩，歌窈窕之章。少焉，月出於東山之上，徘徊於斗牛之間。白露橫江，水光接天。縱一葦之所如，凌萬頃之茫然。浩浩乎如馮虛御風，而不知其所止；飄飄乎如遺世獨立，羽化而登仙。

赤壁—實為黃州赤鼻磯，並不是三國時期赤壁之戰的舊址，蘇軾將錯就錯，借景以抒發自己的懷抱。

壬戌—宋神宗元豐五年，歲在壬戌。

既望—農曆十五為望，既望是十六日。

屬客—勸客飲酒。

明月之詩—指《詩經．陳風．月出》，為月下懷人之作。

窈窕之章—〈月出〉首章：「月出皎兮，佼人僚兮，舒窈糾兮，勞心悄兮。」古時「窈糾」與「窈窕」音義相近，因稱「窈窕之章」。

少焉—一會兒。

斗牛—斗宿和牛宿，都是星宿名。

縱一葦之所如—任憑小船在寬廣的江面上飄蕩。《詩經．衛風．河廣》：「誰謂河廣，一葦杭（航）

於是飲酒樂甚，扣舷而歌之。歌曰：「桂棹兮蘭槳，擊空明兮泝流光。渺渺兮予懷，望美人兮天一方。」客有吹洞簫者，倚歌而和之，其聲嗚嗚然，如怨如慕，如泣如訴，餘音嫋嫋，不絕如縷。舞幽壑之潛蛟，泣孤舟之嫠婦。

蘇子愀然，正襟危坐而問客曰：「何為其然也？」客曰：「『月明星稀，烏鵲南飛』，此非曹孟德之詩乎？西

之。」如，往、去。

萬頃—形容江面極為寬闊。

茫然—曠遠的樣子。

馮虛御風—騰空駕風而行。馮同「憑」，依靠。

扣舷—敲打著船邊，指打節拍。

桂棹、蘭槳—為划船工具的美稱。

擊空明兮泝流光—船槳拍打著月光下的清波，逆流而上。

美人—此代指君主。

嫋嫋—形容聲音婉轉悠長。

縷—細絲。

舞幽壑之潛蛟—使深淵裡的蛟龍感動得起舞。

嫠婦—寡婦。

愀然—容色改變的樣子。

正襟危坐—整理衣襟，嚴肅地端坐著。

月明星稀，烏鵲南飛—引曹操〈短歌行〉中的詩句。

望夏口，東望武昌。山川相繆，鬱乎蒼蒼，此非孟德之困於周郎者乎？方其破荊州，下江陵，順流而東也，舳艫千里，旌旗蔽空，釃酒臨江，橫槊賦詩，固一世之雄也，而今安在哉？況吾與子漁樵於江渚之上，侶魚蝦而友麋鹿；駕一葉之扁舟，舉匏尊以相屬；寄蜉蝣於天地，渺滄海之一粟。哀吾生之須臾，羨長江之無窮。挾飛仙以遨遊，抱明月而長終。知不可乎

夏口—城名，故址在今湖北武昌西之黃鵠山上。
武昌—今湖北鄂城。
繆—通「繚」，盤繞。
舳艫千里—此指戰船前後相接，千里不絕。舳音竹。艫音盧。
釃酒—斟酒。釃音思。
橫槊賦詩—橫執長矛吟詩。
匏尊—用葫蘆做成的酒器。匏音咆。
寄—寓托。
蜉蝣—一種昆蟲，只能存活幾小時。此喻人生短促。
須臾—片刻。
長終—永存。

驟得，託遺響於悲風。」

蘇子曰：「客亦知夫水與月乎？逝者如斯，而未嘗往也。盈虛者如彼，而卒莫消長也。蓋將自其變者而觀之，而天地曾不能以一瞬。自其不變者而觀之，則物與我皆無盡也，而又何羨乎？且夫天地之間，物各有主，苟非吾之所有，雖一毫而莫取。惟江上之清風，與山間之明月，耳得之而為聲，目遇之而成色。取之

託遺響於悲風—遺響，餘音，指簫聲。悲風，秋風。

逝者如斯—語出《論語．子罕》：「子在川上曰：『逝者如斯夫，不捨晝夜。』」斯，指水。

盈虛者如彼—指月亮的圓缺。

卒莫消長—始終不曾消也不曾長。

天地曾不能以一瞬—指天地萬物無時不在變動，連一眨眼的工夫都不曾停止。

無禁，用之不竭。是造物者之無盡藏也，而吾與子之所共適。」客喜而笑，洗盞更酌，肴核既盡，杯盤狼藉。相與枕藉乎舟中，不知東方之既白。

造物者—天地自然。
無盡藏—佛家語。指無窮無盡的寶藏。
適—此指享有之意。
更酌—再斟酒。
肴核—熟肉為肴，水果為核。
狼藉—凌亂的樣子。
枕藉—交橫相枕而睡。

後赤壁賦

（元豐五年）

是歲十月之望，步自雪堂，將歸於臨皋。二客從予，過黃泥之坂。霜露既降，木葉盡脫，人影在地，仰見明月。顧而樂之，行歌相答。

已而歎曰：「有客無酒，有酒無肴；月白風清，如此良夜何？」客曰：「今者薄暮，舉網得魚，巨口細鱗，狀似松江之鱸，顧安所得酒

是歲—這年，即寫赤壁賦同一年。

雪堂—東坡居士在黃州蓋的草屋，於大雪中落成，四壁且繪有雪景，自書「東坡雪堂」於堂上。元豐五年春築成，此文作於同年十月。

臨皋—館名，元豐三年自禪寺遷居於此。

坂—坡。

顧—可是。

安所—何處。

乎？」歸而謀諸婦。婦曰：「我有斗酒，藏之久矣，以待子不時之須。」

於是攜酒與魚，復遊於赤壁之下。江流有聲，斷岸千尺。山高月小，水落石出。曾日月之幾何，而江山不可復識矣。予乃攝衣而上，履巉巖，披蒙茸。踞虎豹，登虬龍，攀栖鶻之危巢，俯馮夷之幽宮。蓋二客不能從焉。劃然長嘯，草木震動，山鳴谷應，風起水涌。予亦悄然而悲，肅然而恐，凜乎其不可

謀諸婦－與妻商議。婦指東坡繼室王夫人。

斗－古代盛酒器。

曾－竟，才。

攝－提起。

披蒙茸－披，分開。蒙茸，叢生的雜草。

踞虎豹－蹲坐在奇岩怪石上。

虬龍－指盤曲之樹木。虬音求。

栖鶻－栖同棲。鶻，隼鳥，鷹類。音西湖。

馮夷－水神名，即河伯。馮夷之幽宮指江水。

劃然－形容嘯聲清越，有如劃破長空。

凜乎－恐懼貌。

久留也。反而登舟，放乎中流，聽其所止而休焉。時夜將半，四顧寂寥。適有孤鶴，橫江東來。翅如車輪，玄裳縞衣，戛然長鳴，掠予舟而西也。

須臾客去，予亦就睡，夢一道士，羽衣翩躚，過臨皋之下，揖予而言曰：「赤壁之游樂乎？」問其姓名，俛而不答。嗚呼噫嘻，我知之矣，疇昔之夜，飛鳴而過我者，非子也耶？道士顧笑，予亦驚悟。開戶視之，不見其處。

反—通「返」。
中流—即江心。
玄裳縞衣—黑裳白衣。形容鶴身純白，翅與尾黑色。
戛然—形容鶴鳴聲。
翩躚—輕盈的舞姿。形容道士飄然而至的樣子。音偏仙。
俛—同「俯」。音府。
嗚呼噫嘻—感嘆詞，相當於「啊」。
疇昔—此指昨日。

浣溪沙

萬頃風濤不記蘇，雪晴江上麥千車。
但令人飽我愁無。
翠袖倚風縈柳絮，絳唇得酒爛櫻珠。
樽前呵手鑷霜鬚。

「萬頃」句——指自己在蘇州的田地被風潮掃蕩，但並不介意。蘇，即江蘇蘇州市。

麥千車——形容豐收。

翠袖——綠色的衣袖，這裡代指舞女。

柳絮——這裡代指雪。

絳唇——紅唇。

爛——鮮艷燦爛。

櫻珠——櫻桃。

樽——酒杯。

鑷——捋。

霜鬚——白鬚。

臨江仙 夜歸臨皋

（元豐六年）

夜飲東坡醒復醉，歸來彷彿三更。
家童鼻息已雷鳴。
敲門都不應，倚杖聽江聲。

長恨此身非我有，何時忘卻營營？
夜闌風靜縠紋平。
小舟從此逝，江海寄餘生。

聽江聲——蘇軾寓居臨皋，在湖北黃縣南長江邊，故能聽濤聲。

營營——形容思慮紛亂。

夜闌——夜盡。

縠紋——比喻水波細紋。縠音湖，縐紗。

記承天寺夜遊

（元豐六年十月）

元豐六年十月十二日，夜，解衣欲睡，月色入戶，欣然起行。念無與為樂者，遂至承天寺，尋張懷民。懷民亦未寢，相與步於中庭。庭下如積水空明，水中藻荇交橫，蓋竹柏影也。何夜無月，何處無竹柏，但少閑人如吾兩人者耳。黃州團練副使蘇某書。

承天寺—故址在今湖北黃岡縣城南。

欣然—喜悅貌。

張懷民—即張夢得，字懷民，又字偓佺，時亦謫居黃州，借寓承天寺。

庭下如積水空明—月光灑滿庭院，像積水一樣空曠澄澈。

藻荇—泛稱水草。荇音性。

蓋—大概。

閑人—此指不汲汲於名利而清閒的人。

水調歌頭

黃州快哉亭贈張偓佺

（元豐六年）

落日繡簾捲，亭下水連空。
知君為我新作，窗戶濕青紅。
長記平山堂上，
攲枕江南煙雨，杳杳沒孤鴻。
認得醉翁語，山色有無中。

一千頃，都鏡淨，倒碧峰。
忽然浪起，掀舞一葉白頭翁。

快哉亭－神宗元豐六年，張夢得謫居黃州，建造一亭以覽長江之勝，蘇軾命名為快哉亭。張偓佺即張夢得之字。

濕青紅－青油朱漆色澤鮮潤。

平山堂－歐陽修任揚州知州時所建。

醉翁－歐陽修別號。

山色有無中－出自歐陽修〈朝中措〉：「平山欄檻倚晴空，山色有無中。」

倒碧峰－指碧峰倒影水中。

一葉－指小舟。

白頭翁－指老船夫。

堪笑蘭臺公子，
未解莊生天籟，剛道有雌雄。
一點浩然氣，千里快哉風。

蘭臺公子—指戰國楚辭賦家宋玉，相傳曾作蘭臺令。
莊生—指莊周。
天籟—發自於自然的聲響，有別於吹奏笛簫等「人籟」。
剛道—偏說，硬是要說。
有雌雄—宋玉〈風賦〉提到風有雌雄之分；大王之風是為雄風，庶民之風是為雌風。
浩然氣—剛直坦蕩的氣。
快哉風—宋玉〈風賦〉：「有風颯然至者，往乃披襟當之，曰：『快哉此風！』」

水調歌頭

歐陽文忠公嘗問余：琴詩何者最善？答以退之〈聽穎師琴詩〉最善。公曰：此詩最奇麗，然非聽琴，乃聽琵琶也。余深然之。建安章質夫家善琵琶者，乞為歌詞。余久不作，特取退之詞，稍加隱括，使就聲律，以遺之云。

昵昵兒女語，燈火夜微明。
恩怨爾汝來去，彈指淚和聲。
忽變軒昂勇士，
一鼓填然作氣，千里不留行。

韓愈〈聽穎師彈琴〉—韓詩原文如下：「昵昵兒女語，恩怨相爾汝。劃然變軒昂，勇士赴敵場。浮雲柳絮無根蒂，天地闊遠隨飛揚。喧啾百鳥群，忽見孤鳳凰。躋攀分寸不可上，失勢一落千丈強。嗟余有兩耳，未省聽絲篁。自聞穎師彈，起坐在一旁。推手遽止之，濕衣淚滂滂。穎乎爾誠能，無以冰炭置我腸。」

章質夫—蘇軾友人，名章楶。

隱括—原義是矯正曲木的工具。詞的隱括是將其他詩文剪裁改寫為詞的形式，宋人常有此類作品。

昵昵—象聲詞，形容言辭親切。

爾汝—互相以你我相稱，表示親近。

一鼓—《左傳·莊公十年》：「一

回首暮雲遠，飛絮攪青冥。
眾禽裡，真彩鳳，獨不鳴。
躋攀寸步千險，一落百尋輕。
煩子指間風雨，
置我腸中冰炭，起坐不能平。
推手從歸去，無淚與君傾。

鼓作氣，再而衰，三而竭。」

填然—擊鼓聲。《孟子・梁惠王上》：「填然鼓之，或百步而後止，或五十步而後止。」

千里不留行—《莊子・說劍》：「臣之劍十步一人，千里不留行。」

躋攀—攀登。

尋—長度單位。《史記・張儀傳》有「蹄間三尋」。索隱云：「七尺曰尋。」亦有云八尺為尋者。

冰炭—《鹽鐵論》：「冰炭不同器，日月不並明。」指兩種不可相容之物。

鷓鴣天

（元豐六年夏）

林斷山明竹隱牆，亂蟬衰草小池塘。
翻空白鳥時時見，照水紅蕖細細香。
村舍外，古城旁，杖藜徐步轉斜陽。
殷勤昨夜三更雨，又得浮生一日涼。

翻空—飛翔在空中。

蕖—荷花。音渠。

杖藜—手杖。藜音離。

浮生—李涉〈題鶴林寺僧舍〉：「因過竹院逢僧話，又得浮生半日閒。」

別黃州

（元豐七年三月，改遷汝州團練副使，本州安置，四月離黃作此詩）

病瘡老馬不任鞿，猶向君王得敝幃。
桑下豈無三宿戀，樽前聊與一身歸。
長腰尚載撐腸米，闊領先裁蓋癭衣。
投老江湖終不失，來時莫遣故人非。

病瘡—指自己一堆老毛病。
老馬—人老的自稱。
不任—不能勝任。
鞿—馬的韁繩。鞿音几。
敝幃—破舊的帳幕。
「桑下」句—謂久居黃州，不免有情。
撐腸米—一種上等粳米。
「闊領」句—汝州飲用水缺碘，多大脖子病。癭音嬰。
投老—到老。
不失—沒有錯過。
來時—將來。
莫遣—不要消遣。
非—壞話。

和秦太虛梅花

（元豐七年）

西湖處士骨應槁，只有此詩君壓倒。
東坡先生心已灰，為愛君詩被花惱。
多情立馬待黃昏，殘雪消遲月出早。
江頭千樹春欲暗，竹外一枝斜更好。
孤山山下醉眠處，點綴裙腰紛不掃。
萬里春隨逐客來，十年花送佳人老。
去年花開我已病，今年對花還草草。
不知風雨捲春歸，收拾餘香還畀昊。

秦太虛—秦觀，字太虛。有〈和黃法曹憶建溪梅花〉，蘇軾此篇即為和作。

西湖處士—指宋初詩人林逋，隱居在杭州西湖孤山，終身不仕。蘇軾認為林逋死去已久，只有秦觀這首梅花詩才壓倒了他。

「東坡」二句—灰是指《莊子．齊物論》中「槁木死灰」的「灰」。指感情本已不易起波瀾了，卻因為喜愛秦觀這首梅花詩，「故而被花惱」。惱，撩撥。

千樹—言梅花眾多。

竹外一枝斜更好—勾畫梅花斜倚修竹的幽獨閒雅之神，暗合詩人自己的落寞情懷。

逐客、佳人—都是詩人自喻。逐客指被朝廷貶謫之人。佳人一詞在古代不專指美女，還指美好的人、有才幹的人。
草草——形容憂慮的樣子。
畀昊——交給上天。畀音必。

滿庭芳

（元豐七年四月一日，余將去黃移汝，留別雪堂鄰里二三君子，會李仲覽自江東來別，遂書以遺之）

歸去來兮，吾歸何處？
萬里家在岷峨。
百年強半，來日苦無多。
坐見黃州再閏，兒童盡、楚語吳歌。
山中友，雞豚社酒，相勸老東坡。
云何，當此去，

雪堂—在黃州東坡，蘇軾於元豐五年春所建的居室。
會—恰好。
李仲覽—即作者友人李翔。
遺—贈與。
百年強半—韓愈「年皆過半百，來日苦無多。」此用其句，意為人生已過大半。
再閏—蘇軾於元封三年二月到黃州，元封三年閏九月，六年閏六月，故為「再閏」。
楚語吳歌—黃州在春秋戰國時屬楚地，三國時期屬吳地，故稱。
雞豚社酒—豚，豬。社酒，祭祀神祇時所用的酒。

人生底事，來往如梭。
待閒看秋風，洛水清波。
好在堂前細柳，應念我、莫剪柔柯。
仍傳語，江南父老，時與曬漁蓑。

莫剪柔柯——不要砍伐柔嫩的枝條，此處謂要珍惜彼此的友情。

滿庭芳

蝸角虛名、蠅頭微利，
算來著甚乾忙。
事皆前定，誰弱又誰強。
且趁閒身未老，須放我、些子疏狂。
百年裡，渾教是醉，三萬六千場。

思量、能幾許？
憂愁風雨，一半相妨。

蝸角—蝸牛的觸角，比喻極其微小。
算—料想，推測。算來，想起來。
乾—徒然，白白地。
著甚乾忙—為什麼白白地著忙。
事皆前定—任何事都有其因緣關係，是早就定好的。
閒身—古代指沒有官職之身。
放—讓，放任。
些子—少許，一點兒。
疏狂—豪放，不受拘束。
渾—幾乎，都。
教—使，讓。
相妨—互相妨礙、牴觸。

又何須抵死，說短論長。
幸對清風皓月，苔茵展、雲幕高張。
江南好，千鍾美酒，一曲〈滿庭芳〉。

抵死—老是，無論如何。

石鐘山記

（元豐七年六月，由黃州赴汝州途經江西時作）

《水經》云：「彭蠡之口，有石鐘山焉。」酈元以為「下臨深潭，微風鼓浪，水石相搏，聲如洪鐘。」是說也，人常疑之。今以鐘磬置水中，雖大風浪，不能鳴也，而況石乎！至唐李渤始訪其遺蹤，得雙石於潭上，「扣而聆之，南聲函胡，北音清越，枹止響騰，餘韻徐歇。」自以為得之矣。然是說也，余

石鐘山—在今江西湖口鄱陽湖東岸。

《水經》—我國第一部記述河道水系的地理書，北魏酈道元著。蘇軾所引，今本均無，轉引自李渤之文。

彭蠡—即鄱陽湖。蠡音離。

洪鐘—大鐘，古代金屬打擊樂器。

磬—古代打擊樂器，用玉石製成，形如曲尺。

李渤—唐朝洛陽人，曾寫過《辨石鐘山記》。

南聲函胡—南邊那座山石的聲音重濁而模糊。函胡，同含糊。

北音清越—北邊山石的聲音清脆響亮。

枹止響騰—鼓槌停止了敲擊，但響聲還在升騰。枹音扶。

尤疑之。石之鏗然有聲者，所在皆是也，而此獨以鐘名，何哉？

元豐七年六月丁丑，余自齊安舟行適臨汝，而長子邁將赴饒之德興尉，送之至湖口，因得觀所謂石鐘者。寺僧使小童持斧，於亂石間擇其一二扣之，硿硿焉。余固笑而不信也。至暮夜月明，獨與邁乘小舟至絕壁下，大石側立千仞，如猛獸奇鬼，森然欲搏人。而山上棲鶻，聞人聲亦驚起，磔磔雲霄間。又

齊安—即黃州。

臨汝—即汝州。

饒—饒州。

德興—今江西德興，宋時屬饒州。

尉—官名，主管地方治安。

硿硿焉—形容擊石聲。

森然—陰森恐怖的樣子。

搏人—抓人。

棲鶻—宿巢的老鷹。

磔磔—鳥鳴聲。

有若老人欬且笑於山谷中者，或曰，此鸛鶴也。余方心動欲還，而大聲發於水上，噌吰如鐘鼓不絕，舟人大恐。徐而察之，則山下皆石穴罅，不知其淺深，微波入焉，涵澹澎湃而為此也。舟迴至兩山間，將入港口，有大石當中流，可坐百人，空中而多竅，與風水相吞吐，有窾坎鏜鞳之聲，與向之噌吰者相應，如樂作焉。因笑謂邁曰：「汝識之乎？噌吰者，周景王之無射也。窾坎鏜鞳

欬——同「咳」。
鸛鶴——水鳥名，似鶴而頂不紅，頸和嘴都比鶴長。
噌吰——形容鐘聲洪亮。音撐洪。
罅——裂縫。音下。
涵澹——波浪激盪。
港口——指河灣入口處。
窾坎——擊物聲。窾音款。
鏜鞳——鐘鼓聲。音湯踏。
作——興起，此指演奏。
無射——周景王時所鑄鐘名。

者，魏莊子之歌鐘也。古之人不余欺也。事不目見耳聞，而臆斷其有無，可乎？」酈元之所見聞，殆與余同，而言之不詳。士大夫終不肯以小舟夜泊絕壁之下，故莫能知。而漁工水師，雖知而不能言。此世所以不傳也。而陋者乃以斧斤考擊而求之，自以為得其實。余是以記之，蓋嘆酈元之簡，而笑李渤之陋也。

魏莊子——晉大夫魏絳，莊子是魏絳的謚號。射音意。**歌鐘**——即編鐘。

漁工水師——漁人和船工。

陋者——識見低下者，此指李渤。

題西林壁

橫看成嶺側成峰，遠近高低各不同；
不識廬山真面目，只緣身在此山中。

（元豐七年）

西林——寺名，一名乾明寺。

「不識」二句——作者指身在其中，有時反而不能認識事物的全貌。

次荊公韻四絕

（元豐七年八月赴汝州，途經金陵作）

青李扶疏禽自來，清真逸少手親栽。
深紅淺紫從爭發，雪白鵝黃也鬬開。
斫竹穿花破綠苔，小詩端為覓榿栽。
細看造物初無物，春到江南花自開。
騎驢渺渺入荒陂，想見先生未病時。
勸我試求三畝宅，從公已覺十年遲。
甲第非真有，閒花亦偶栽。
聊為清淨供，卻對道人開。

荊公—王安石於元豐三年被封為荊國公，時罷相退居金陵。

禽—俗稱花紅、沙果，果味似蘋果，以其食美，引禽來食。

「清真」句—王羲之，字逸少，有青李來禽帖。這裡以王羲之比王安石。

「小詩」句—因植樹而作小詩。榿音妻。

「勸我」句—指王安石約蘇軾在金陵買田卜鄰。

十年—一說指十年前王安石執政時代早該和睦相從了。

甲第—豪門貴族的宅第。

浣溪沙

（元豐七年十二月二十日，從泗州劉倩叔遊南山）

細雨斜風作小寒，淡煙疏柳媚晴灘。
入淮清洛漸漫漫。
雪沫乳花浮午盞，蓼茸蒿筍試春盤。
人間有味是清歡。

劉倩叔—名士彥，泗州人，生平不詳。
南山—在泗州東南，景色清曠，宋米芾稱為淮北第一山。
細雨斜風—唐韋莊〈題貂黃嶺軍官〉：「斜風細雨江亭上，盡日憑欄憶楚鄉。」
媚—美好。
灘—十里灘，在南山附近。
洛—洛河，源出安徽定遠西北，北至懷遠入淮河。
漫漫—水勢浩大。
「**雪沫**」句—指午間喝茶。雪沫乳花，形容煎茶時上浮的白泡。宋人以講茶泡制成白色為貴，所謂「茶與墨正相反，茶欲白，墨欲黑」。午盞，午茶。
蓼茸—蓼菜嫩芽。
春盤—古代立春時用蔬菜水果、糕餅等裝盤饋贈親友。

第五章

（西元一〇八五—一〇八八）

宋神宗晚年，對「舊黨」人物有不少善意的表示，例如將蘇軾移到汝州去，從「貶謫」轉為「賦閒」。東坡居士離開黃州，乘舟順長江東行，入運河、轉淮河，再轉汴水，然後赴汝州。舟至九江，他去登廬山，又南赴筠州去見蘇轍，回程再赴廬山遊覽。筠州和廬山有不少臨濟宗禪僧住持的名剎，蘇軾經高僧的點撥與印證，被禪門承認達到了「悟」的境界。

赴汝州途中須經湖北、江西、安徽、江蘇、山東、河南六省，蘇軾在金陵見到了罷相八年的王安石。到了泗州，蘇軾表奏皇上，說明舉家病重、一子喪亡、資用罄竭等難去汝州的困境，於是在泗州暫留。費了許多周折，元豐八年正月，蘇軾的身分成為檢校尚書水部員外郎、汝州團練副使、不得簽書公事、常州居住。

元豐八年三月，宋神宗英年早逝，留下十歲的太子趙煦，即宋哲宗。近在洛陽的司馬光被起用，「舊黨」人物連袂而起，蘇軾、蘇轍兄弟也時來運轉。蘇軾五月到常州，六月就接到登州知州的任命，等於恢復了他在「烏臺詩案」以前的官階。十月到登州任上，緊接著接到奉調進京的命令，十二月到京，又升為起居舍人（皇帝侍從官）。

元祐元年（西元一〇八六年）三月，蘇軾被委任為中書舍人；九月升為翰林學士，掌管內制，成了參與政府決策的要員。蘇軾當然同意廢除新法，但他認為其中的「免役法」有利且可行，不宜一同廢除。這就與宰相司馬光起了爭執。然而司馬光很快就病逝了。

元祐二年，蘇軾任翰林院學士兼侍讀；三年任科舉主考官，後又任吏部尚書；蘇轍也升得很快，成為執政宰輔。以蘇氏兄弟為首的「蜀黨」，和以著名理學家程頤為首的「洛黨」，還有一個勢力更大的「朔黨」，彼此牽掣交織，故黨爭不斷。蘇軾自覺不安於朝，乾脆上章請求外任，元祐四年三月，他獲准出知杭州。

贈東林總長老

（元豐七年，第二次遊廬山所作）

溪聲便是廣長舌，山色豈非清淨身。
夜來八萬四千偈，他日如何舉似人。

東林—東林寺，廬山名寺，北宋元豐三年起改為禪宗寺院。
總長老—法名常總，臨濟宗黃龍派高僧，東林寺改禪寺後第一代住持。
廣長舌—指佛的舌頭。據說佛舌廣而長，覆面至髮際，故名。這是佛的三十二相之一。
清淨身—即佛教所謂法身。
八萬四千—佛教常用來形容無數之多。
舉似人—向人述說。

惠崇春江曉景（選一）

（元豐八年）

竹外桃花三兩枝，春江水暖鴨先知。
蔞蒿滿地蘆芽短，正是河豚欲上時。

惠崇—北宋能詩善畫的僧人，以工於小景見長。東坡此詩題在他的〈春江曉景〉畫上，非但狀其形，而且傳其神。

蔞蒿—生長在河灘上的草本植物，可食用。

蘆芽—蘆筍。

河豚欲上時—指初春正是河豚將要逆流而上的時候。

寄吳德仁兼簡陳季常

（元豐八年）

東坡先生無一錢，十年家火燒凡鉛。
黃金可成河可塞，只有霜鬢無由玄。
龍丘居士亦可憐，談空說有夜不眠。
忽聞河東獅子吼，拄杖落手心茫然。
誰似濮陽公子賢，飲酒食肉自得仙。
平生寓物不留物，在家學得忘家禪。
門前罷亞十頃田，清溪繞屋花連天。
溪堂醉臥呼不醒，落花如雪春風顛。

吳德仁—吳瑛，字德仁，蘄州蘄春人。

陳季常—即陳慥。

「十年」句—作者戲稱貧困無錢，十年煉丹，並無所得。家火，家內日常生活所用的火。凡鉛，即外丹，用礦石藥物投入爐中燒煉成「金丹」，能長生不老，是道家修煉方法之一。

龍丘居士—指陳慥。

談空說有—泛指閒談。

「忽聞」二句—陳慥的妻子姓柳，而河東是柳姓的郡望，陳慥懼內，蘇軾便用「河東獅子」暗指這位凶悍善妒的夫人。

濮陽公子—指吳德仁。吳姓者先世自濮陽過江。

罷亞—稻多搖動貌。

我遊蘭溪訪清泉，已辨布襪青行纏。
稽山不是無賀老，我自興盡回酒船。
恨君不識顏平原，恨我不識元魯山。
銅駝陌上會相見，握手一笑三千年。

行纏—綁腿，以便遠行。

「稽山」句—李白〈重憶〈賀監〉〉：「稽山無賀老，卻棹酒船回。」此反用其意。

顏平原—唐顏真卿，曾為平原太守，安史亂時，河朔盡陷，唯平原城守完備。唐玄宗說：「朕不識真卿何如人，所為乃若此！」一說顏為東坡自謂，一說喻陳季常，兩說皆可通。

元魯山—唐元德秀，字紫芝，曾為魯山令。這裡以元德秀喻吳德仁。

「銅駝」二句—銅駝陌在洛陽宮南、金馬門外，人物繁盛。此二句指作者與吳德仁日後終將相遇。

書林逋詩後

（元豐八年）

吳儂生長湖山曲，呼吸湖光飲山綠。
不論世外隱君子，傭奴販婦皆冰玉。
先生可是絕俗人，神清骨冷無由俗。
我不識君曾夢見，瞳子瞭然光可燭。
遺篇妙字處處有，步繞西湖看不足。
詩如東野不言寒，書似西臺差少肉。
平生高節已難繼，將死微言猶可錄。
自言不作封禪書，更肯悲吟白頭曲。

林逋—宋仁宗賜諡和靖先生。住在西湖的孤山二十年，住處多種梅花，養鶴，稱「梅妻鶴子」。他寫的詩，隨手散去，不留稿。

儂—吳語，自稱或他稱。

「先生」二句—指林逋雖非與世隔絕之人，然其氣質原自不俗。可是，豈是。

「遺篇」二句—讚美林逋詩善於用字，尤其是詠西湖之作，更為湖上風光傳神。

「詩如」二句—指林逋詩似孟郊，但無其寒苦之狀；書法似李建中，卻較瘦硬。西臺，宋書法家李建中，掌西京洛陽留司御史臺，因稱李西臺。

我笑吳人不好事，好作祠堂傍修竹。
不然配食水仙王，一盞寒泉薦秋菊。

封禪書—蘇軾自注：「逋臨終詩云：『茂陵他日求遺草，猶喜初無封禪書。』」
白頭曲—司馬相如將納妾，卓文君作〈白頭吟〉以自絕，相如乃止。後人多有以此曲為嘆老嗟卑、自傷不遇之辭。
水仙王—宋代西湖旁有水仙王廟，祀錢塘龍君，故稱錢塘龍君為水仙王。

如夢令二首

（元祐元年九月以後作）

為向東坡傳語，人在玉堂深處。
別後有誰來？雪壓小橋無路。
歸去，歸去，江上一犁春雨。

「為向」二句—對黃州東坡表達思念之情。玉堂，宋代翰林學士的官署。人在玉堂深處表明蘇軾在任翰林學士。

「雪壓」句—是蘇軾對別後黃州東坡的冷清荒涼景象的揣想。

一犁春雨—謂雨量適中，恰宜犁地春耕。

手種堂前桃李，無限綠陰青子。
簾外百舌兒，驚起五更春睡。
居士，居士，莫望小橋流水。

堂—指黃州東坡雪堂。
百舌兒—鳥名。

虢國夫人夜遊圖

（元祐元年作）

佳人自鞚玉花驄，翩如驚燕蹋飛龍，
金鞭爭道寶釵落，何人先入明光宮？
宮中羯鼓催花柳，玉奴弦索花奴手。
坐中八姨真貴人，走馬來看不動塵。
明眸皓齒誰復見，只有丹青餘淚痕。
人間俯仰成今古，吳公臺下雷塘路。
當時亦笑張麗華，不知門外韓擒虎。

夜遊圖—曾藏於宋徽宗畫苑，據說上面有徽宗的題字。

佳人—美女，這裡指虢國夫人。

鞚—有嚼口的馬絡頭，這裡作動詞用，指用手拉著馬絡頭。

玉花驄—青白色的花馬。

明光宮—漢代有明光殿，此處借指唐代宮殿。

羯鼓催花柳—唐明皇好羯鼓，嘗於庭內臨軒擊鼓，庭下柳杏時正發坼，明皇指而笑謂宮人曰：「此一事，不喚我作天公可乎？」後來傳為羯鼓催花的故事。羯鼓，唐代由羯族傳來的一種鼓，形如漆筒，音響急促高昂。

玉奴—楊貴妃的小名。

花奴—汝陽王李璡的小名。李璡擅長羯鼓。

八姨—即秦國夫人。

走馬、明眸皓齒、丹青—都指虢國夫人。

吳公臺、雷塘—都在揚州。吳公臺因陳將吳明徹得名。隋煬帝死後，初葬吳公臺下，後來遷葬雷塘。

張麗華—南朝陳後主（陳叔寶）的寵妃，隋滅陳時，張麗華藏於胭脂井中，被隋將韓擒虎俘獲，隨後被殺。

門外韓擒虎—杜牧〈台城曲〉：「樓頭張麗華，門外韓擒虎。」

定風波

王定國歌兒曰柔奴，姓宇文氏，眉目娟麗，善應對，家世住京師。定國南遷歸，余問柔奴：「廣南風土，應是不好？」柔對曰：「此心安處，便是吾鄉。」因為綴詞云。

（哲宗元祐元年作，時在汴京任職）

常羨人間琢玉郎，天應乞與點酥娘。
自作清歌傳皓齒，
風起，雪飛炎海變清涼。

王定國—王鞏字定國，是東坡好友，曾因蘇軾兄弟之故，受累貶謫嶺南蠻荒之地。王定國豐神俊朗，柔奴天生麗質，兩人真是天造地設的一雙璧人。

玉郎—女子對丈夫或情人的愛稱，泛指男子青年。

點酥娘—是說柔奴的溫柔婉約，正如冰涼的點酥，讓王定國在燥熱的嶺南能一心清涼。

萬里歸來年愈少，
微笑，笑時猶帶嶺梅香。
試問嶺南應不好？
卻道：此心安處是吾鄉。

嶺梅—指大庾嶺上的梅花。

西太一見王荊公舊詩偶次韻

（元祐元年七月立秋日）

秋早川原淨麗，雨餘風日清酣。
從此歸耕劍外，何人送我池南。
但有樽中若下，何須墓上征西。
聞道烏衣巷口，而今煙草萋迷。

劍外—劍閣以南，指蜀地。
池南—池陽之南，指歸蜀之路。
若下—村名，在吳興，產酒聞名，代指酒。
「何須」句—指何須追求身後名聲。
「聞道」二句—暗指王安石去世後，舊居荒蕪。

書李世南所畫秋景

（宋哲宗元祐二年作）

野水參差落漲痕，疏林欹倒出霜根。
扁舟一櫂歸何處，家在江南黃葉村。
人間斤斧日創夷，誰見龍蛇百尺姿。
不是溪山成獨往，何人解作掛猿枝？

李世南——字唐臣，安肅人，工畫山水。時李世南在汴京參加〈元祐敕令式〉的編寫工作。

欹倒——歪斜而傾倒的樣子。

櫂——本意船槳，此處即指小船。

水龍吟 次韻章質夫楊花詞

（哲宗元祐二年，在汴京任翰林學士時所作）

似花還似非花，也無人惜從教墜。
拋家傍路，思量卻是，無情有思。
縈損柔腸，困酣嬌眼，欲開還閉。
夢隨風萬里，尋郎去處，
又還被、鶯呼起。
不恨此花飛盡，恨西園、落紅難綴。
曉來雨過，遺蹤何在？

次韻—依照別人的原韻而且依照其先後次序寫詩或詞。

章質夫—當時正任荊湖北路提點刑獄，經常和蘇軾詩詞酬唱。

從教墜—任楊花墜落。

無情有思—言楊花看似無情，卻自有它的愁思。

柔腸—柳枝細長柔軟，故以柔腸為喻。

困酣—困倦之極。

嬌眼—美人嬌媚的眼睛，比喻柳葉。

「夢隨」三句—化用唐代金昌緒〈春怨〉：「打起黃鶯兒，莫教枝上啼。啼時驚妾夢，不得到遼西。」

落紅難綴—落花難於再連接上枝頭。綴，連結。

一池萍碎。

春色三分，二分塵土，一分流水。

細看來、不是楊花，點點是離人淚。

萍碎——楊花落水中，經宿即化為萍。

第六章

（西元一〇八九—一〇九三）

宋哲宗元祐四年（西元一〇八九年）三月，蘇軾獲准出任杭州知州，七月到達任上。這是他第二次在「東南第一州」任職。蘇軾這一次離開朝廷外任地方官，算起來一共五年，先後擔任杭州、潁州、揚州和定州四個地方的知州。其中又以在杭州時期對西湖的治理工程，最受人稱道。

當時西湖淤塞嚴重，蘇軾率人開掘葑灘，疏濬湖底，並用葑泥堆建長堤於裡湖、外湖之間，南起南屏山，北至棲霞嶺，中開六橋以通水，這就是著名的「蘇堤」。他又在湖上建小石塔三處，禁止在石塔以內水域中植菱、荷、茭白之類；這就是今天的「三潭印月」。元祐七年（一〇九二年）改知揚州，那兒也有一個瘦西湖；後來貶到惠州，那裡還是有西湖。所以有人說蘇軾是「一生與宰相無緣，到處有西湖作伴」。

元祐七年九月，蘇軾又被召回京師，參與郊祀大典，進官端明殿學士、翰林侍讀學士、禮部尚書，這是他一生中最高的官職。當時蘇轍亦身居高位，於是不斷有御史們彈劾，說是「川黨太盛」，蘇軾不安於朝，又請求外任。終於在元祐八年六月獲知定州。定州任上的蘇軾依然盡心盡力，但他的作品中卻時常流露出對陷入政治鬥爭的感嘆。

元祐八年九月，高太后駕崩，哲宗親政，不再聽從元祐執政大臣的意見。蘇軾被任命擔任河北西路安撫使兼馬步軍都總管，赴任前要先向皇帝當面辭行，哲宗卻對曾日侍帷幄、伴讀五年的老師蘇軾不予召見。這對蘇軾來說無疑是個警訊，而直到哲宗去世，蘇軾再也沒有機會返回朝廷。

行香子

清夜無塵，月色如銀。
酒斟時、須滿十分。
浮名浮利，虛苦勞神。
嘆隙中駒、石中火、夢中身。
雖抱文章，開口誰親。
且陶陶、樂盡天真。
幾時歸去，作個閒人。

浮名浮利—強調名和利是虛浮不的東西。
虛苦—徒勞無益的辛苦。
勞神—耗費精神。
隙中駒—古人用「白駒」比喻太陽影子，用「白駒過隙」來表示人生短暫得像日影移過牆上的縫隙一樣。
石中火—古人擊石取火，石上打出的火星瞬間就熄滅了。白居易有「石火光中寄此身」的詩句，也是說人生很短暫的意思。

對一張琴、一壺酒、一溪雲。

夢中身—與「人生如夢」相類。
陶陶—快樂的樣子。
一溪雲—天上雲朵倒映溪中，看上去就像小溪裝滿了雲朵。

與莫同年雨中飲湖上

（元祐四年七月）

到處相逢是偶然，夢中相對各華顛。

還來一醉西湖雨，不見跳珠十五年。

莫同年—莫君臣，與蘇軾同年進士，元祐四年八月以前任兩浙提刑，在杭州。

湖—指杭州西湖。

華顛—頭髮花白。

跳珠—指西湖上的雨水。

送子由使契丹

（元祐四年八月）

雲海相望寄此身，哪因遠適更沾巾。
不辭驛騎凌風雪，要使天驕識鳳麟。
沙漠回看清禁月，湖山應夢武林春。
單于若問君家世，莫道中朝第一人。

送子由使契丹—元祐四年八月，蘇轍作為賀遼主生辰國信使出使契丹。

「雲海」二句—指在杭原已相隔遙遠，不必為此次遠別格外傷心。

天驕—指契丹。漢時匈奴自稱「天之驕子」，後泛指強盛的邊地民族。

鳳麟—此指宋朝的人才和文明。

清禁—皇宮。

武林—指杭州。

單于—匈奴最高首領的稱號，原義「廣大」。此指遼國國主。

真覺院有洛花，花時不暇往，四月十八日與劉景文同往賞枇杷

（元祐五年）

綠暗初迎夏，紅殘不及春。
魏花非老伴，盧橘是鄉人。
井落依山盡，巖崖發興新。
歲寒君記取，松雪看蒼鱗。

真覺院—在杭州西湖龍山北。
洛花—牡丹。洛陽牡丹聞名於世，故名。
劉季孫—字景文，開封人。時任兩浙兵馬都監。在杭州，蘇軾以國士目之，曾予以舉薦。
魏花—牡丹品種之一。
盧橘—與橘近似，其皮經久變黑，故名。盧，黑色。但蘇軾指是枇杷。
「**歲寒**」二句—指松檜不凋，兼指枇杷晚翠。

贈劉景文

（元祐五年）

荷盡已無擎雨蓋，菊殘猶有傲霜枝。
一年好景君須記，正是橙黃橘綠時。

正是——最是。

八聲甘州 寄參寥子

（元祐六年三月作）

有情風萬里捲潮來，無情送潮歸。
問錢塘江上，西興浦口，幾度斜暉？
不用思量今古，俯仰昔人非。
誰似東坡老，白首忘機。

記取西湖西畔，
正春山好處，空翠煙霏。
算詩人相得，如我與君稀。

參寥子——即僧人道潛，字參寥，浙江於潛人。精通佛典，工詩，蘇軾與之交厚。蘇軾應召赴京後，寄贈他這首詞。

西興——即西陵，在錢塘江南。

忘機——忘卻世俗的機詐之心。

相得——相投合。

約他年、東還海道，
願謝公雅志莫相違。
西州路，不應回首，為我沾衣。

「約他年」三句—以東晉謝安的故事喻歸隱之志。

「西州路」三句—此處是說自己要實現謝公之志，要參寥子不要像羊曇一樣慟哭於西州路。謝安外甥羊曇曾醉中過西州門，回憶謝安的往事，慟哭不已。

臨江仙 送錢穆父

一別都門三改火，天涯踏盡紅塵。
依然一笑作春溫，
無波真古井，有節是秋筠。
惆悵孤帆連夜發，送行淡月微雲。
樽前不用翠眉顰，
人生如逆旅，我亦是行人。

都門—國都的城門，轉義為京城的代名詞。
改火—古時鑽木取火，四季所用木材不同，故稱「改火」，後來就用「改火」指一年的時間。
紅塵—修煉人對人世、人間的比喻。
筠—竹子的青皮，引申為竹子的別稱。
孤帆—孤舟。
樽—酒杯。
翠眉—古代女子用翠黛畫眉，故稱翠眉，這裡也代指送行宴席上的歌妓。
顰—皺眉，表現出憂愁、悲哀。
逆旅—客舍，旅館。

木蘭花令　次歐公西湖韻

霜餘已失長淮闊，空聽潺潺清潁咽。
佳人猶唱醉翁詞，四十三年如電抹。
草頭秋露流珠滑，三五盈盈還二八。
與余同是識翁人，惟有西湖波底月。

次韻—依次用所和詩的韻作詩，也稱為步韻。
歐公—指歐陽修。
西湖—此指安徽阜陽西三里的西湖，為潁河合諸諸水匯流處。
長淮—淮河。
清潁—指潁河，潁水，為淮河重要支流。
咽—哽咽。
佳人—潁州地區的歌女。
醉翁詞—指歐陽修在潁州做太守時，歌詠潁州西湖的一些詞。
四十三年—歐陽修皇祐元年知潁州時作〈木蘭花令〉詞，到蘇東坡次韻作此篇時正好四十三年。
電抹—如一抹閃電，形容時光流逝之快。
三五—十五日。
盈盈—美好的樣子。
二八—十六日。

青玉案 和賀方回韻，送伯固還吳中

（元祐七年於揚州作）

三年枕上吳中路，遣黃犬，隨君去。若到松江呼小渡，莫驚鴛鷺。四橋盡是，老子經行處。

輞川圖上看春暮，常記高人右丞句。作箇歸期天已許。春衫猶是，小蠻針線，曾濕西湖雨。

賀方回—賀鑄，字方回，北宋著名詞人。本詞所和之作為賀鑄〈橫塘路〉。

伯固—蘇堅，字伯固，博學能詩。蘇軾任杭州知州時，蘇堅為屬官。

吳中—蘇州。

黃犬—用〈晉書．陸機傳〉典故。陸機有犬名黃耳，陸機久寓京師，不知家裡消息，將信裝在竹筒內繫於黃耳的脖子上，讓它往南送信回家，又帶信回洛陽。

松江—吳淞江，太湖支流之一。

呼小渡—呼小舟擺渡。

四橋—蘇州有四座名橋，是當地勝景。

老子—宋人口語，年長者自稱。

輞川圖—輞川在陝西藍田，王維曾隱居於此，並繪輞川圖四幅。

高人—高潔之士，此讚美王維詩，並稱譽蘇堅詩才。

小蠻——白居易的歌妓。此借指蘇伯固的愛姬。

東府雨中別子由

（元祐八年）

庭下梧桐樹，三年三見汝。
前年適汝陰，見汝鳴秋雨。
去年秋雨時，我自廣陵歸。
今年中山去，白首歸無期。
客去莫嘆息，主人亦是客。
對床定悠悠，夜雨空蕭瑟。
起折梧桐枝，贈汝千里行。
重來知健否，莫忘此時情。

東府—宋神宗在皇宮前建造東、西二府，為大臣的官署。蘇轍任執政，居此。

前年—指元祐六年。

汝陰—潁州。蘇軾元祐六年自杭州歸京，寓居蘇轍的東府，不久出任潁州知州。

鳴秋雨—指在雨中作詩送行。

廣陵—揚州。元祐七年蘇軾自揚州知州任上被召回京城。

中山—定州。元祐八年蘇軾出任定州知州。

客—指自己。

主人—指蘇轍。

「對床」二句—蘇軾兄弟有「夜雨對床」之約。悠悠，比喻要實現「對床之約」遙不可及。

「起折」二句—將梧桐枝贈給蘇轍後，踏上赴定州的千里征途。

第七章

（西元一〇九四—一〇九九）

元祐九年（西元一〇九四年）四月，宋哲宗下詔改年號為「紹聖」，意思是繼承神宗變法革新的政策方針。不久，舊黨執政大臣紛紛被罷免，新黨人物被哲宗起用，他們集中精力打擊「元祐黨人」，行事原則已毫無革新變法的精神。

蘇軾對王安石的新法持反對態度，對司馬光盡廢新法也持保留態度，加上他以「使某不言，誰當言者」自負，所受到政治打擊一次比一次劇烈。元祐九年四月改元紹聖後，御史們襲用「烏臺詩案」故技，糾彈蘇軾以前起草的文件中有譏斥神宗之語。蘇軾馬上得到落兩職（取消端明殿學士、翰林侍讀學士的稱號）、追一官（官品降低一級）、以左朝奉郎（正六品上散官）責知英州的嚴懲。

局勢每況愈下，蘇軾歷經了所謂「三改謫命」。六月他赴貶所經過當塗（今屬安徽），又被貶為建昌軍（今江西南城）司馬、惠州安置，蘇軾便把家小安頓在宜興，帶侍妾朝雲、幼子蘇過南下。經廬陵（今江西吉安）時，又改貶為寧遠軍（今湖南寧遠）節度副使、仍惠州安置。至此，謫命已五改。

同年六、七月間，朝廷繼續對元祐黨人下重手。蘇軾在連續遭貶後，又到他元豐時謫居地筠州居住。所謂的「蘇門四學士」也都不能倖免於這場政治災難，尤其是秦觀、黃庭堅，被謫至處州、黔州，處境甚惡。

惠州時期的蘇軾，年老多病卻未喪其志。他對佛老思想有了更深入的理解，又以道家長生之術佐助養生；除此之外，他大量創作「和陶詩」，後來在儋州時編成一集，有一百多首。陶淵明的詩「外枯而中膏，似淡而實美」，是此時的東坡追企的境界。他用盡積蓄，在惠州白鶴峰下築屋，準備終老於此，原先安置在宜興的家人也由長子蘇邁帶來與他團聚，沒想到，朝廷還是不放過他。

紹聖四年二月，蘇軾責授化州別駕、雷州（今廣東海康）安置。閏二月，追貶的詔令下來，將蘇軾責授瓊州（今海南瓊山）別駕、昌化軍（今海南儋縣）安置。他只好留家人在惠州，再一次踏上貶途。

當東坡行至梧州（今屬廣西），聽說蘇轍剛剛路過，他急忙追上，兄弟二人便同行到雷州。五月相逢，六月分離，這短短一個月的團聚後，兄弟至死未能再見。

海南的生活比惠州更為艱苦，「此間食無肉，病無藥，居無室，出無友，冬無炭，夏無寒泉，然亦未易悉數，大率皆無耳。」他被逐出官舍，住進黎族學生幫他在檳榔林下築起的土房，整整三年，他奮力著述，其用心在於反對紹聖諸臣借「新學」獨斷學術，為「貶謫文化」創造出一種最高的典範。

歸朝歡　和蘇堅伯固

我夢扁舟浮震澤，雪浪搖空千頃白。覺來滿眼是廬山，倚天無數開青壁。此生長接淅，與君同是江南客。夢中遊，覺來清賞，同作飛梭擲。

明日西風還掛席，唱我新詞淚沾臆。靈均去後楚山空，澧陽蘭芷無顏色。君才如夢得。武陵更在西南極。

伯固——蘇堅，曾任杭州臨稅官，是蘇軾得力助手。

震澤——太湖古稱震澤。

接淅——指匆匆忙忙。《孟子．萬章下》：「孔子之去齊，接淅而行。」意謂孔子因急於離開齊國，不及煮飯，帶了剛剛淘過的米就走。此蘇軾自比。

江南客——江南游子。

掛席——猶掛帆。

淚沾臆——杜甫〈哀江頭〉：「人生有情淚沾臆，江草江花豈終極。」沾臆，淚水浸濕胸前。

靈均——屈原的字。

澧陽蘭芷——《楚辭．九歌．湘夫

竹枝詞，莫傜新唱，誰謂古今隔。

人》：「沅有芷兮澧有蘭。」澧陽，今湖南澧縣。古代為澧州。

夢得—唐代詩人劉禹錫，字夢得，因參與政治改革失敗被貶到朗州（今湖南常德）。在朗州十年，學習當地民歌，創作〈竹枝詞〉等大量作品。

武陵—今湖南常德一帶，古武陵地。唐代朗州。

《竹枝詞》—本四川東部一帶民歌，劉禹錫在湖南貶所，曾依屈原《九歌》，吸取當地俚曲，作〈竹枝詞〉九章。

莫傜—少數民族，即部分瑤族的古稱。

南康望湖亭

（紹聖元年八月）

八月渡長湖，蕭條萬象疏。
秋風片帆急，暮靄一山孤。
許國心猶在，康時術已虛。
岷峨家萬里，投老得歸無？

南康—宋南康軍，治所在今江西星子。
望湖亭—在星子南吳城山上。
八月—即哲宗紹聖元年八月。
長湖—鄱陽湖。
許國—為國效命。
康時—即「匡時」，救正時弊。宋代避太祖趙匡胤名諱，以「康」代「匡」。
投老—到老。

木蘭花令　宿造口聞夜雨寄子由才叔

（紹聖元年八月）

梧桐葉上三更雨，驚破夢魂無覓處。
夜涼枕簟已知秋，更聽寒蛩促機杼。
夢中歷歷來時路，猶在江亭醉歌舞。
樽前必有問君人，為道別來心與緒。

造口—又名皂口，蘇軾貶往惠州途經，贛江邊臨鬱孤臺。
子由—蘇轍之字。
才叔—不詳。
枕簟—枕席。
寒蛩—蟋蟀，亦名促織、紡織娘。

秧馬歌 並引

（紹聖元年）

過廬陵見宣德郎致仕曾君安止，出所作《禾譜》，文既溫雅，事亦詳實，惜其有所缺，不譜農器也。予昔遊武昌，見農夫皆騎秧馬。以榆棗為腹，欲其滑；以楸桐為背，欲其輕；腹如小舟，昂其首尾；背如覆瓦，以便兩髀雀躍於泥中，繫束藁其首以縛秧，日行千畦。較之傴僂而作者，勞佚相絕矣。《史

過廬陵—蘇軾紹聖元年被貶知英州，南遷途中經過廬陵。

宣德郎—官名。

曾君安止—即「曾安止君」。曾安止，字移忠，號屠龍翁，江西泰和人，曾任彭澤縣令、宣德郎。

《禾譜》—記載穀物的書。

覆瓦—面向下覆蓋的瓦。

髀—大腿。音必。

束藁—稻草束。藁音稿。

記》禹乘四載，泥行乘橇。解者曰：「橇形如箕，擿行泥上。」豈秧馬之類乎？作《秧馬歌》一首，附於《禾譜》之末云：

春雲濛濛雨淒淒，春秋欲老翠剡齊。
嗟我父子行水泥，朝分一壟暮千畦。
腰如箜篌首啄雞，筋煩骨殆聲酸嘶。
我有桐馬手自提，頭尻軒昂腹脅低；
背如覆瓦去角圭，以我兩足為四蹄。
聳踴滑汰如鳧鷖，纖纖束藁亦可齎。

四載－據《史記．夏本紀》載，禹出行，陸行乘車，水行乘船，泥行乘橇，山行乘檋。
解者－指註解者孟康。
擿－跳躍。音替。
翠剡齊－翠綠的秧苗尖而且齊。剡音演。
箜篌－古代一種樂器，形狀彎曲。以其形容彎腰弓背。音空侯。
桐馬－桐木製成的秧馬。
尻－屁股。音ㄎㄠ。
去角圭－去掉棱角的圭玉。形容光滑。
鳧鷖－野鴨、水鷗。音服依。
齎－攜帶。音几。

何用繁纓與月題，朅從畦東走畦西。
山城欲閉聞鼓鼙，忽作的盧躍檀溪。
歸來掛壁從高棲，了無芻秣飢不啼。
少壯騎汝逮老黧，何曾蹶軼防顛隮。
錦韉公子朝金閨，笑我一生踏牛犁，
不知自有木駃騠。

繁纓—即「鞶纓」。鞶，馬腹帶。纓，馬頸帶。
月題—馬絡頭。形狀似月，故名。
朅—去的意思。
鼓鼙—鼓。這裡指耕田的鼓聲。
芻秣—餵牲口的草料。
老黧—年老。黧，黑黃色，指老年人的臉色。
蹶軼—驚跳奔跑。
顛隮—跌倒墜下。隮音几。
韉—墊馬鞍的東西。音煎。
金閨—指金馬門。漢未央宮前有銅馬，故稱「金馬門」。後指朝門。
踏牛犁—指跟在牛後邊走。
木駃騠—指秧馬。駃騠，良馬名。駃騠音決堤。

賀新郎

（紹聖二年夏於惠州作）

乳燕飛華屋，悄無人、
桐陰轉午，晚涼新浴。
手弄生綃白團扇，扇手一時似玉。
漸困倚、孤眠清熟。
簾外誰來推繡戶，枉教人夢斷瑤臺曲。
又卻是，風敲竹。
石榴半吐紅巾蹙，

生綃—生絲織成的紗。
扇手一時似玉—形容團扇和執扇的手都潔白如玉。
清熟—安穩熟睡。
瑤臺曲—神仙居處。曲，深曲之處。
紅巾蹙—形容石榴花半開時如紅

待浮花浪蕊都盡，伴君幽獨。
穠艷一枝細看取，芳心千重似束。
又恐被、西風驚綠。
若待得君來向此，花前對酒不忍觸。
共粉淚、兩簌簌。

巾皺縮。

西風驚綠——指秋風吹落榴花，只剩綠葉。

兩簌簌——形容花瓣與眼淚同落。

記遊松風亭

（紹聖元年）

余嘗寓居惠州嘉祐寺，縱步松風亭下，足力疲乏，思欲就林止息。望亭宇尚在木末，意謂是如何得到？良久忽曰：「此間有甚麼歇不得處？」由是心若掛勾之魚，忽得解脫。若人悟此，雖兵陣相接，鼓聲如雷霆，進則死敵，退則死法，當恁麼時也不妨熟歇。

嘉祐寺—舊址在今廣東惠陽東江南岸，白鶴峰南側，其近處有松風亭。

縱步—放步。

木末—樹梢，比喻高處。

進則死敵，退則死法—前進的話會被敵人殺死，後退的話會被軍法處置。

當恁麼時—當那個時候。

熟歇—好好歇息一番。

西江月

（紹聖三年十月）

玉骨那愁瘴霧，冰肌自有仙風。
海仙時遣探芳叢，倒掛綠毛幺鳳。
素面常嫌粉涴，洗妝不褪唇紅。
高情已逐曉雲空，不與梨花同夢。

瘴霧──南方山林中的濕熱之氣。

倒掛綠毛──似鸚鵡而小的珍禽。
幺鳳──鳥名，即桐花鳳。

涴──沾汙。音握。

「不與」句──蘇軾自注：「詩人王昌齡，夢中作梅花詩。」

縱筆

白頭蕭散滿霜風，小閣藤床寄病容。
報導先生春睡美，道人輕打五更鐘。

（紹聖四年二月）

縱筆—放筆而寫。

蕭散—蕭疏零落的樣子，形容頭髮稀少。

「報導」二句—僧人聽到有人報告說蘇軾睡得香甜，就輕輕敲鐘，以免驚醒他。先生，蘇軾自指。道人，指和尚。

和陶止酒

（紹聖四年）

丁丑歲，予謫海南，子由亦貶雷州。五月十一日相遇於藤，同行至雷。六月十一日，相別渡海。余時病痔呻吟，子由亦終夕不寐，因誦淵明詩，勸余止酒。乃和原韻，因以贈別，庶幾真止矣。

時來與物逝，路窮非我止。
與子各意行，同落百蠻裡。

和陶—追和陶淵明原詩。

丁丑—即宋哲宗紹聖四年（一〇九七）。

意行—隨意而行。

百蠻—古代對南方少數民族的泛稱。

蕭然兩別駕，各攜一稚子。
子室有孟光，我室惟法喜。
相逢山谷間，一月同臥起。
茫茫海南北，粗亦足生理。
勸我師淵明，力薄且為己。
微痾坐杯酌，止酒則瘳矣。
望道雖未濟，隱約見津涘。
從今東坡室，不立杜康祀。

蕭然—空寂，淒清。
別駕—官名，亦稱別駕從事。宋代為州郡的輔佐官，實為閒散官，有職無權。其時東坡為瓊州別駕，子由為化州別駕，故曰「兩別駕」。
孟光—東漢名士梁鴻的妻子十分敬愛丈夫，這裡代指子由的夫人史氏。
我室惟法喜—其時東坡之妻早亡，侍妾朝雲也已病逝，東坡和朝雲二人都信佛，故此云耳。法喜，佛教語，謂聞佛法而喜。
「一月」句—一個月形影不離。
粗—略微。
生理—生計。
力薄—能力薄弱。
微痾—小病。
瘳—痊癒。
未濟—原指渡河未到岸或尚未渡河。

津涘—指渡海處。

「不立」句—再也不會為杜康設祭，即戒酒之意。杜康，傳說中酒的發明者，後作為酒之代稱。

試筆自書

（元符元年九月）

吾始至南海，環視天水無際，淒然傷之，曰：「何時得出此島耶？」已而思之，天地在積水中，九州在大瀛海中，中國在少海中，有生孰不在島者？覆盆水於地，芥浮於水，蟻附於芥，茫然不知所濟。少焉水涸，蟻即徑去，見其類，出涕曰：「幾不復與子相見。豈知俯仰之間，有方軌八達之

南海—即儋州，今日之海南。

大瀛海、少海—傳說中的大洋，古人相信各片陸地都被大洋包圍。

芥—小草。

徑—直接。

路乎！」念此可以一笑。戊寅九月十二日，與客飲薄酒小醉，信筆書此紙。

書上元夜遊

（元符二年）

己卯上元，余在儋州。有老書生數人來過，曰：「良月佳夜，先生能一出乎？」予欣然從之。步城西，入僧舍，歷小巷，民夷雜揉，屠沽紛然，歸舍已三鼓矣。舍中掩關熟睡，已再鼾矣。放杖而笑，孰為得失？過問先生何笑，蓋自笑也；然亦笑韓退之釣魚無得，更欲遠去，不知走海者未必得大魚也。

儋州——今海南儋縣。

過——訪問。

屠沽——賣肉的、賣酒的。泛指市井中的生意人。

紛然——雜亂眾多的樣子。

三鼓——三更天。

掩關——關門。

再鼾——指醒過復睡。

孰為得失——指遊玩和睡覺，誰得誰失。

過問先生何笑——過，蘇過，蘇軾幼子。先生，蘇軾自指。

「然亦笑」二句—韓愈曾寫詩述其釣魚釣不著大魚，埋怨水太淺，要另覓垂釣佳處。暗指自己境遇不好，不得志。

走海者—到大海上的人。此指來到海南島的蘇軾自己。

減字木蘭花 己卯儋耳〈春詞〉

（元符二年立春日作）

春牛春杖，無限春風來海上。

便丐春工，染得桃紅似肉紅。

春幡春勝，一陣春風吹酒醒。

不似天涯，捲起楊花似雪花。

春牛春杖—古時習俗，立春日「立青幡，施土牛耕人於門外，以示兆民，至立夏。」春牛即泥牛。春杖指耕夫持犁杖侍立。青幡即下文的春幡，指旗幟。

丐—乞求。這裡把春神人格化。

春勝—一種剪紙，剪成圖案或文字，又稱剪勝、彩勝，也是表示迎春之意。

「**捲起**」句—海南地暖，其時已見楊花；作者用海南所無的雪花來比擬海南早見的楊花，謂海南跟中原景色略同，發出「不似天涯」的感嘆。

蝶戀花

（惠州時期）

花褪殘紅青杏小。
燕子飛時，綠水人家繞。
枝上柳綿吹又少，天涯何處無芳草。

牆裡鞦韆牆外道。
牆外行人，牆裡佳人笑。
笑漸不聞聲漸悄，多情卻被無情惱。

柳綿——柳絮。

第八章

（西元一一〇〇—一一〇二）

元符三年（西元一一〇〇年）正月哲宗暴崩，端王趙佶繼位，就是著名的「浪子」皇帝宋徽宗。政局再度逆轉。

二月，蘇軾詔移廉州（今廣西合浦）安置，四月又移永州（今湖南岳陽）居住，而他六月才離開海南島，十一月朝廷便許其任便居住。隔年便是建中靖國元年，徽宗走中間路線，壓制被視為新舊黨極端份子的人物，其中包括被認作舊黨立場的蘇軾兄弟。

建中靖國元年（一一〇一年）正月，蘇軾越過大庾嶺，進入今江西境內。經虔州、廬陵從贛水過鄱陽湖入長江，再東行至當塗、金陵、儀真、金山等地，直至常州。當他舟行至常州時，「病暑，著小冠，披半臂，坐船中。夾運河岸，千萬人隨觀之。東坡顧坐客曰：『莫看殺軾否？』」六十六歲的蘇東坡，在嶺南身染瘴毒，年來行走道途，以舟楫為家，時值盛暑，他終於病倒了。

從六月一日在長江上飲冷過度拉肚子起，蘇軾病情每況愈下，六月十五日舟赴常州，便向朝廷上表要求退休。七月十五日，他病勢轉重，一夜之間發起高燒，齒間出血，到天亮才止。七月二十八日，一代文宗就此長逝。

建中元年隨後也在當年結束，次年改元「崇寧」，即尊崇熙寧之政，新黨大獲全勝。蔡京入朝，將「元祐黨人」的名單刻石頒布，曰「元祐奸黨碑」，蘇軾列名顯要的位置，其文集、著作皆遭禁毀。

然而已安眠於汝州郟城縣小峨眉山的蘇軾，千年來卻從未在人們心裡消失。

千秋歲　和少游韻

（元符三年）

島邊天外，未老身先退。珠淚濺，丹衷碎。聲搖蒼玉佩，色重黃金帶。一萬里，斜陽正與長安對。

道遠誰云會，罪大天能蓋。君命重，臣節在。新恩猶可覬，舊學終難改。吾已矣，乘桴且恁浮於海。

少游—秦觀的字，曾作〈千秋歲〉。

島邊天外—指謫居瓊州。

丹衷—赤誠的心。

「聲搖」二句—腰間的青色玉佩泠泠作響，金黃色的腰帶色彩凝重。此表示儀表端嚴。

天能蓋—形容罪之大只有天能包容。

臣節—大臣的氣概節操。

新恩—皇帝的新恩典，指赦免。

覬—期待。

舊學—指自己一貫的見解。

「乘桴」句—《論語．公冶長》載孔子說：「道不行，乘桴浮於海。」意謂其學說見解不被採納，就乘著木船，浮海遠去。桴，浮木，船。恁，如此。

汲江煎茶

（元符三年）

活水還須活火烹，自臨釣石取深清。
大瓢貯月歸春甕，小杓分江入夜瓶。
雪乳已翻煎處腳，松風忽作瀉時聲。
枯腸未易禁三碗，坐聽荒城長短更。

活火—炭之焰。

深清—指既深又清的江水。

貯月—月映水中，一併舀入春瓶。

分江—從江中取水，江水為之減了分量，所以說是「分江」。

雪乳—一作「茶雨」，指煮茶時湯面上的乳白色浮沫。

腳—茶腳。

松風—形容茶水倒出時的聲音。

「枯腸」句—語意用唐代詩人盧仝〈謝孟諫議寄新茶詩〉：「一碗喉吻潤，二碗破孤悶。三碗搜枯腸，惟有文字五千卷。四碗發輕汗，平生不平事，盡向毛孔散。五碗肌骨清，六碗通仙靈。七碗吃不得也，惟覺兩腋習習清風生。」

更—打更。

六月二十日夜渡海

（元符三年）

參橫斗轉欲三更，苦雨終風也解晴。
雲散月明誰點綴，天容海色本澄清。
空餘魯叟乘桴意，粗識軒轅奏樂聲。
九死南荒吾不恨，茲游奇絕冠平生。

參橫斗轉—參星橫斜，北斗星轉向，說明時值夜深。
苦雨終風—久雨不停，終日刮大風。
「天容」句—青天碧海本來就是澄清明淨的。比喻自己本來清白。
魯叟—指孔子。
乘桴—乘船。《論語‧公冶長》載：「道不行，乘桴浮於海。」
軒轅—即黃帝。
奏樂聲—這裡形容濤聲。《莊子‧天運》中說，黃帝在洞庭湖邊演奏〈咸池〉樂曲，並借音樂說了一番玄理。
南荒—僻遠荒涼的南方。
茲游—這次海南遊歷，實指貶謫

海南。

澄邁驛通潮閣二首

（元符三年）

倦客愁聞歸路遙，眼明飛閣俯長橋。
貪看白鷺橫秋浦，不覺青林沒晚潮。

餘生欲老海南村，帝遣巫陽招我魂。
杳杳天低鶻沒處，青山一髮是中原。

澄邁─縣名，在今海南。
通潮閣─一名通明閣，在澄邁縣西。
眼明─形容眼前一亮。
飛閣─飛簷四張的高閣。
帝─指上帝。
巫陽─古代女巫名。化用《楚辭・招魂》之意，借上帝以指朝廷，借招魂以指奉旨內遷。
杳杳─形容極遠。
青山一髮─用髮絲來比喻天際的青山之遙遠、中原之遙遠。

自題金山畫像

（宋徽宗建中靖國元年正月，遇赦北返遊覽金山寺作）

心似已灰之木，身如不繫之舟。
問汝平生功業，黃州惠州儋州。

「問汝」二句—在黃州、惠州、儋州的生活，是蘇軾生命中最困頓的時期，而他卻認為那是他畢生功業所在，此語除了自我解嘲，也帶有悲涼感傷之意。

國家圖書館出版品預行編目（CIP）資料

蘇東坡選集／孫家琦編輯　-- 第二版.
-- 新北市：人人, 2018.12印刷
面；公分. --（人人讀經典系列；17）
ISBN 978-986-461-163-8（精裝）

845.16　　107016759

【人人讀經典系列 17】

蘇东坡選集

封面題字/ 羅時僖
書系編輯 / 孫家琦
排版設計 / 李瑞東
發行人 / 周元白
出版者 / 人人出版股份有限公司
地址 / 23145 新北市新店區寶橋路 235 巷 6 弄 6 號 7 樓
電話 /（02）2918-3366（代表號）
傳真 /（02）2914-0000
網址 / http://www.jjp.com.tw
郵政劃撥帳號 / 16402311 人人出版股份有限公司
製版印刷 / 長城製版印刷股份有限公司
電話 /（02）2918-3366（代表號）
經銷商 / 聯合發行股份有限公司
電話 /（02）2917-8022
第一版第一刷 / 2014 年 2 月
第二版第一刷 / 2018 年 12 月
定價 / 新台幣 250元
港幣 83 元

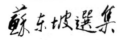

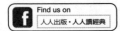